KB003066

글,
우리도
잘 쓸 수 있습니다

카피라이터가 알려주는
글에 마음을 담는 20가지 방법

글,
우리도
잘 쓸 수 있습니다

박솔미 지음

언더라인

글쓰기 강의를 시작한 지 9년째다. 자주 요청 받는 강의 주제가 '마음을 움직이는 글쓰기'이다. 강의하면서도 마음 한쪽에 '과연 이게 맞나?' 하는 의구심이 들었다. 도대체 마음을 움직이는 글은 어떤 글이며, 어떻게 써야 하는지, 알 듯 말 듯 머릿속을 간지럽혔다. 이 책이 그 가려움증을 말끔히 해소해 주었다. 어찌 알았나 싶게 가려운 데만 찾아 시원하게 긁어주었고, 나는 '맞아, 맞아'를 연발하며 단숨에 읽고 말았다.

— **강원국**, 전 대통령 연설비서관 ·《대통령의 글쓰기》 저자

작가가 10년 넘게 써온 광고 카피는 여러 글 중에서도 단연 실용적인 글인데, 그는 글 잘 쓰는 방법으로 '정성'과 '마음'에 주목한다. 글은 기술 이전에 마음이 먼저라 생각하는 까닭이다. 나는 그가 기술을 말하기에 앞서 '마음'을 먼저 이야기해 주어서 고마웠다. 거기에 진실이 있기 때문이다. SNS, 이메일, 보고서, 제안서, 일기… 어떤 일을 하든 글을 쓰지 않는 날은 단 하루도 없을 텐데, 그 글들을 좀 더 잘 쓸 수 있다면 삶도 조금은 더 잘 살 수 있게 된다고 작가는 말한다. 나도 이에 십분 동의한다. 당신이 '제대로 된 글쓰기 방법'을 찾을 때 이 책을 펴보면 좋겠다.

— **최인아**, 〈최인아책방〉 대표

'글쓰기 책이 이렇게 따뜻하고 감동적일 수 있구나' 하고 한 수 배웠다. 찬 겨울 따뜻한 이불 아래에 목만 빼꼼 내밀고 책을 읽는데, 옆 사람이 열어젖힌 창문으로 얼음장처럼 차가운 바람이 내 뇌를 깨끗이 씻어내는 기분마저 느끼게 해준 책이다. 그러니까 '이건 반드시 명심해!' 하고, 나와 눈을 마주치며 이해했냐고 되묻는 선생님처럼 느껴지기도 했다. 그러니 나는 좋은 글을 쓰고자 하는 이들에게 주저 없이 이 책을 추천한다.

— **이유미**, 카피라이터 ·《오늘로 쓴 카피 오늘도 쓴 카피》저자

쓰는 직업을 가진 지 거의 10년이 되었다. 내가 변하는 속도보다 말과 글이 변하는 속도가 빨라서 빈 페이지 앞에서 멀미가 날 때가 있다. 그럴 때 내가 기대는 사실은, 멀리 보고 바람을 마시면 좀 나아진다는 것. 그래서 나는 작가의 문장을 읽는다. 그녀가 없었다면 진심을 짓고 싶던 젊은 날의 나도, 진심으로 쓰는 지금의 나도 없었을 것이다. 우리가 세상의 속도에 주눅 들지 않고 쓸 수 있기를. 글 앞에서 멀리 보고 바람을 마시고 싶다면 이 책을 읽기를.

— **태재**, 작가

글, 우리도 잘 쓸 수 있습니다

어린 시절을 돌아봅니다. 그때 우리는 모두 글을 썼어요. 연필을 꼭 쥐고는 매일같이 썼습니다. 가운데 손가락 끝마디에 굳은살이 불룩 솟아오를 만큼 힘주어 썼죠. 세상에 그렇게 성실한 글쟁이들도 없을 겁니다. 자의든 타의든 저녁마다 일기장을 펼쳐놓고 멋진 수필을 써나갔으니까요.

하루를 돌아보며 가장 좋았던 지점을 되짚었습니다. 반성할 일은 없는지, 스스로 칭찬할 점이 있는지, 내일의 계획은 어떻게 되는지도 간추려 곁들였죠. 아무리 별 볼 일 없는 하루를 보냈다 하더라도 우리는 마침내 소재를 발굴해냈습니다. 구조에 맞게 문장들을 펼쳐내며 하루를 마감했지요. 그 시절, 우리는 모두 훌륭한 에세이 작가였습니다.

세월이 흘러 모두 어엿한 어른이 되었습니다. 그 사이 우리는 글을 쓰며 사는 부류와 글과는 아예 담을 쌓고 사는 부류로 나뉘었죠. 쓰는 사람에게 글은 그 자체로 밥벌이거나 유명세입니다. 스스로를 아예 안 쓰는 쪽으로 분류해 놓은 사람에게 글은 딴 세상 이야기고요. 글쓰기와는 눈곱만큼도 관련 없다 생각하며 삽니다.

사실 그렇지 않습니다. 가만히 우리의 하루를 들여다보면 알 수 있죠. 우리는 시인도 소설가도 아니지만 여전히 글을 쓰며 살고 있습니다. 문자, 카톡, 이메일, 보고서, 프레젠테이션, 인스타그램, 트위터, 페북…. 어린 시절처럼 연필을 쥐고 있지 않을 뿐, 생각보다 많은 곳에 많은 글을 쏟으며 살고 있어요.

어떤 인사말로 시작할지, 어떤 단어를 골라 쓸지, 행여나 누군가를 불편하게 하는 말투는 아닌지, 어떤 문장으로 끝맺을지. 이렇게 쓸까, 저렇게 쓸까, 차라리 쓰지 말까를 치열하게 고민합니다. 글이라고 여기지 않는 그 글들이 어떻게 하면 더 나아질지 끊임없이 구상하죠.

저는 좀 더 적극적으로 글을 쓰며 사는 부류에 해당합니다. 제일기획 카피라이터 7년, 애플Apple 앱스토어 에디터 2년 반, 에세이 책 두 권, 그리고 LG전자에서 새로 시작한 글로벌 카피라이터 커리어. 끝내 대단한 소설가나 시인이 되지는 못했지만, 좋은 글과 나쁜 글의 차이는 나름 구분할 줄 알게 되었습니다.

되도록 좋은 글을 생산해 내려고 노력하며 삽니다. 매일 쓰고, 매일 고치며, 매일 배우죠. 그 덕분에 더 나은 글을 쓰는 방법을 알게 되었습니다. 떠나간 마음을 붙잡는 메시지 한 통, 치열한 경쟁 PT에서 돋보이는 카피 한 줄, 독자들이 눈물을 쏟았다고 고백해온 책 한 구절, 언 마음을 녹이는 절절한 편지 한 쪽. 즉, 글에 마음을 담는 방법을 알게 됐어요.

이 책을 펼친 여러분과 저는 별반 다를 게 없습니다. 우리 모두 글을 쓰며 사는 사람들이죠. 각자의 자리에서 틈틈이 써나가야 하는 짧고 긴 글들. 그것이 어떻게 하면 나아질지 고민하는 마음 역시 같습니다.

이 책을 써도 좋겠다고 결론을 내린 이유 역시 여기에 있습니다. 우리가 쓰는 모든 글은 '오늘 하루'라는 드라마의 대사이자, '나'라는 작품의 설명서이며, '내 마음'이 읊어내는 노랫말이에요. 우리가 우리의 평범한 자리에서 매일같이 쓰고 있는 글들이 더 나은 작품이 되도록 돕고 싶습니다.

우리가 먹은 마음이 우리가 쓴 글에 잘 담길 수 있도록. 더 정확한 빛깔로, 더 정확한 무게로, 더 정확한 지점에 닿을 수 있도록, 저의 글 노하우를 소개합니다. 여러분이 글을 쓰다 막힐 때, 요긴하게 써먹는 체크리스트가 되길 바랍니다. 몇 가지만 기억하고 다잡으면 오늘부터 잘 쓸 수 있습니다. 우리 각자의 자리에서, 우리의 생활에 멋과 맛과 색을 더해줄 좋은 글을.

— 박솔미

차례

1부
마음을 글에 옮겨 담는 법

3부
잘 다듬어진 속마음, 그게 바로 좋은 글

마음을 글에
옮겨 담는 법

쓰고 싶은 건 마음

"글을 쓰기 위해 글을 쓴다는 건,

참 괴로운 일."

글을 쓰기 위해 글을 쓰는 사람은 없습니다. 오로지 글을 쓰겠다는 목적으로 노트를 펼치거나 문서 파일을 열면 한 문단도 쉽게 채우지 못합니다. 우리는 무언가를 전달하려고 글을 쓰기 때문입니다. 그게 감정이든, 가르침이든, 소식이든, 뭐든 말이죠.

전달하고자 하는 것이 분명하면 글쓰기는 쉬워집니다. 억울하게 덮어쓴 누명을 풀기 위해 책상에 앉았다고 상상해 볼까요? 한 문단쯤이야 금세 뚝딱입니다. 문장이 수려하든 엉망진창이든 일단 쏟아낼 글자들이 넘쳐나죠. 누군가를 사랑하는 절절한 마음도 마찬가지입니다. 끝없이 글자들을 풀어낼 수 있어요. 둘만 아는 암호 같은 단어부터 유행가 가사로 쓰일 법한 사랑 타령까지. 쓰고 또 쓸 수 있죠.

글을 쓰려면 마음이 준비되어야 합니다. 글은 운동화에 불과해요. 목적도 없이 글을 쓰겠노라 앉아있는 건, 목적지도 없이 운동화를 신고 현관에 서있는 거나 다름없습니다. 어디로든 걸을 방향을 정해야 비로소 현관문을 열고 밖으로 나갈 수 있죠. 정처 없이 어디로든 좀 걷고 싶다 하더라도 마찬가지예요. 그 '정처 없이 걸을' 명분이 있어야 어디로든 가는 겁니다.

뭐라도 써야 해서 자리에 앉았는데, 대체 뭘 써야 할지 모를 때는 글의 목적부터 골똘히 생각해 봅시다. 남들이 흔히 말하는 목적이 아니라, 진실로 내가 얻어내고자 하는 것이 무엇인지를요. 어느 뉴스 프로그램의 캐치 프레이즈이기도 했습니다만, '우리는 한 걸음 더 들어가 봐야' 합니다. 한 걸음 더 들어가서 내가 진실로 전달하고 싶은 마음이 뭔지 헤아려보는 거죠.

'이 정도면 대충 말 되는 거 아니야?'라는 생각이 들 때, 거기에서 딱 한 걸음 더 들어가면 됩니다. '이거 진짜 내가 하고 싶은 말 맞아?'라는 질문에 스스로 솔직한 답을 내놓을수록 더 정확하고 예리한 글이 나옵니다.

글을 써서 무엇을 얻어야 하는지 혹은 덜어 내야 하는지 생각해 봅시다. 누군가의 마음을 얻어야 하나요? 누명을 벗어야 하나요? 읽는 사람에게 어떤 기분이나 각오를 심어주고 싶은가요? 혹은 나를 향한 미움이나 설움을 거두길 바라나요?

목적이 분명해지면 앞으로 써나갈 글의 색, 길이, 첫 단어, 마지막 문장이 자연스럽게 결정됩니다. 그럼 그대로 성실히 나아가면 되죠.

회사에서 흔히 겪는 상황을 예로 들어볼게요. 팀원 여럿이 함께 쓰는 문서가 가득한 공용 폴더가 있습니다. 오랜 시간 함께 공들여 만든 문서를 열람하다 실수로 삭제해 버렸다고 가정해 봅시다. 모두가 매일같이 쓰는 파일인데, 그게 자취도 없이 사라졌어요. 게다가 복구도 되지 않죠. 나 때문에 모두의 업무가 멈춘 상황이라면?

끔찍하네요. 차라리 혼자 쓰는 파일 백 개가 사라지는 게 낫지, 공용 문서가 사라지는 건 끔찍합니다. 더 괴로운 것은 누가, 언제 그 파일을 망가뜨렸는지 기록이 남지 않는다는 사실입니다. 충분히 발뺌할 수 있는 여지가 있다는 거죠. 다행 아니냐고요? 저는 바로 이 지점 때문에 괴롭다고 생각합니다.

감당하기 어려운 사고가 발생했지만 내가 안 그랬다고 딱 잡아뗄 수 있는 상황. 양심을 팔아먹을 것인가, 꼿꼿하게 비난을 관통할 것이냐. 그 갈림길 앞에서 고민을 한다는 것 자체가 괴롭습니다. 어물쩡 넘어갔다 여기며 잊고 살다가, 어느 능력자 동료의 추적에 발각이라도 되면? 그건 정말 야단이죠. 이런 경우는 빨리 인정하고 사과하는 편이 좋습니다. 빠르면 빠를수록, 정중하면 정중할수록 좋아요.

이런 상황에서 쓸 법한 사과 메일은 두 가지입니다. 으레 사과할 때 쓰는 표현들을 대충 끌어다 '사과하는 행위' 자체를 수행하는 메일. 그리고 현재 본인이 겪고 있는 죄송한 마음을 오롯이 글자에 담아, 진심으로 '용서를 구하는' 메일.

사과 메일을 보내는 행위 그 자체가 목적일 리 없습니다. 전하고 싶은 건 죄송한 마음일 겁니다. 얻고 싶은 건 동료들의 누그러든 마음일 테고요. 바라는 건 앞으로 우리에게 이런 일이 발생하지 않는 것이겠죠. 목적지를 정했으니, 거기에 이르는 여정을 낱낱이 문장으로 써보세요.

1. 이런 저런 상황에서 문서를 망가뜨렸다.

2. 문서가 우리 팀에서 어떤 가치를 지니는지 안다.

3. 문서를 만들고 관리해 온 동료 ○○이 쏟아부은 시간과 노력 또한 잘 안다.

4. 그래서 그 문서를 망가뜨린 나의 잘못은 매우 크다.

5. 여러 동료에게 크고 작은 피해를 입혀 미안하고, 그로 인해 마음이 괴롭다.

6. 괴로운 마음은 오래 반성하며 다스리겠다.

7. 무엇보다 문서를 신속하게 복구하겠다.

8. 어떤 순서로, 어떤 도움을 빌어, 언제까지 해결할 것이다.

9. 이런 일이 반복되지 않도록 하기 위해 개인적인 대책을 세우겠다.

10. 이번 일을 통해 여러분들의 마음을 잃을까 두렵다.

11. 다시 말해 여러분이 내게 얼마나 소중한 존재인지를 깨달았다.

12. 여러분이 내게 그러하듯, 나도 여러분께 소중한 동료가 되도록 앞으로 노력하겠다.

목적지를 정했고, 지도도 챙겼으니 이제 나아가면 됩니다. 호랑이 굴에 들어가도 정신만 차리면 산다는 말을 믿으며 한줄 한줄 나아갑시다.

오늘 업무 마감이 촉박해 파일을 여러 개 띄워 놓고 작업했습니다. 그러다 공동 작업 문서가 멈추었고, 아무리 눌러도 활성화가 되지 않아 컴퓨터를 껐다 켰더니 문서가 사라졌습니다.

컴퓨터가 이상하다 싶을 때 공용 문서부터 안전하게 종료했어야 하는데 안일하게 생각했습니다.

제 불찰입니다. 죄송합니다.

파일이 사라지면 여러분의 업무가 마비된다는 것을 알고

있습니다. ○○님께서 오랜 시간 관리해 온 문서라는 것 또한 잘 알기에 더욱 마음이 괴롭습니다.

무엇보다 문서부터 복구하기 위해 죄송한 마음을 무릅쓰고 ○○님께 도움을 요청했습니다.
오늘 오후 두 시까지 복구하고자 합니다.
이런 일을 반복하지 않도록 파일을 수시로 백업하기 위해 알람을 설정해 두었습니다.

무엇보다 이번 일을 통해 여러분께 미움을 살까 두려웠습니다. 여러분이 제게 그만큼 소중한 존재라는 걸 동시에 느끼며 속상했습니다. 저 또한 여러분에게 소중한 동료가 되도록 노력하겠습니다.

살면서 뜻대로 되지 않는 날이 얼마나 많던가요. 생각지도 못한 타이밍에 실수와 사고가 발생해 우리의 넋을 빼놓죠. 별안간 호랑이 굴에 놓였어도, 정신만 똑바로 차리면 삽니다. 목적지를 정하고 지도를 그리세요. 충만한 진심과 세련된 글이면 살아 돌아올 수 있습니다.

게다가 위기는 곧 기회죠. 오히려 호랑이 굴에서 어떻게 빠져나왔는지에 따라 우리는 더 나은 사람으로 거듭날 수 있습니다. 제가 글 지도를 그릴 때, 9번에서 멈추지 않고 12번까지 설계한 이유도 여기에 있어요. 이런 사건이 일어난 김에 내가 동료들을 얼마나 소중히 대하는지 알리며 진심을 꺼내 보이는 겁니다. 물론 이런 일은 되도록 적어야 하겠지만요. 사태를 수습하는 것을 넘어 상대방을 확실히 내 사람으로 만들 수 있는 절호의 기회인 것은 분명합니다. 사과문을 쓴다는 건 허심탄회하게 마음을 틀 수 있는 계기, 즉 개인과 개인 간의 미디어를 얻는 기회이기도 합니다. 정중히 돌파해나가며 위기를 기회로 만드세요.

제가 쓴 사과문이 모든 상황에서 통하는 정답이라고는 할 수 없겠지만, "아까 파일 그런 거 미안해요 ㅠㅠ 넘 죄송합니다 ㅠㅠ 죽여주세요 ㅠㅠ" 이 문장보다는 훨씬 낫습니다. 아무리 친한 사람이라도, 웬만한 일은 다 이해한다고 자부하는 사이라도 사과는 정성스럽게 해야 해요. 나의 실수와는 별개로 상대방을 늘 존중하고 있다는 걸 확실히 알려야 합니다.

: 나를 밝혀주는 글쓰기

하루를 드라마라고 생각해 봅시다. 우리는 이 드라마의 주인공인 동시에 스토리를 만드는 작가예요. 오늘 당신에게 '문서 삭제'라는 사건이 일어났습니다. 당신은 어떤 대사를 남기는 사람이 되고 싶은가요? 나의 하루는 소중하고 나라는 사람은 더욱 소중합니다. 파일을 만든 동료의 하루, 동료라는 사람 또한 그러하고요.

학교에서 배우거나 인터넷에서 검색한 사과문, 사과하는 법, 사과 인사와 같은 겉껍질을 통과해 더 들어가야 합니다. 내가 어떤 '마음'을 전달하고 싶은지 집중해 보세요. 마음 깊은 데까지 들어가면 '글'이 보일 겁니다.

거기서 꺼내온 글은 분명 다릅니다. '나는 오늘 사과 메일을 한 통 전송했다'라는 팩트가 남는 게 아니라, '나의 미안한 마음을 전달하고, 용서를 구했다'라는 결말에 가까워지는 거죠.

몇 해 전 제가 아끼던 회사 동료와 메시지를 주고받았습니다. 그와 저는 서로 다른 이유로 이직을 알아보던 참이었죠. 외국계 회사는 같은 직장 내 다른 팀으로 옮길 때에도, 신입사원처럼 처음부터 면접을 봐야 합니다.

면접은 한두 번에 끝나지 않아요. 짧아도 5~6차, 길면 총 8차에 걸쳐 면접을 봐야 하죠. 떨어지면 지원할 만한 공고가 날 때까지 기다려야 하고요. 물론 기존에 하고 있던 실무에 차질이 없도록 해야 합니다.

동료와 저 모두 이런저런 시도를 해보고 있지만, 만족할 만한 결과를 얻지 못하던 때였습니다. 여느 때처럼 안부를 물으며 응원을 주고받았죠. 어느 날은 메시지 저편에서 괴로움이 느껴졌어요. 동료가 유난히 힘든 하루를 보냈다는 사실을 알아챘습니다. 쓸쓸하고 어두운 그림자가 드리운 게 보였어요.

제가 익히 아는 그림자여서 그랬을까요? 어떤 심정일지 다 느껴졌습니다. 면접이라는 게 참 쉽지 않잖아요. 냉정한 결과를 마주할 때마다 살아온 인생 전체를 부정당하는 기분이 듭니다. 자격 미달이라고 공언된 것 같기도 하죠.

그럴 때마다 마음에 그림자가 한겹 두겹 덧대어집니다.

저는 그가 그림자로부터 해방되어 오늘만큼은 숙면에 들길 바랐습니다. 그래서 대화 끝에 진심 어린 응원을 실어보냈죠. 누구나 다 그렇게 하듯 '파이팅!'이라고 남길 수도 있었겠지만 저는 다른 방법을 택했습니다.

"자신의 잘남을 의심하지 않는 밤 보내세요."

내가 아는 참 잘난 동료, 그에게 하는 응원이자 나 자신에게 하는 맹세였어요. 우리만큼은 우리의 잘남을 의심하지 말자고 당부하고 싶었습니다. 세상이 우리를 불합격이라고, 자격 미달이라고 말한다 해도요.

우리의 하루는 꽤 많은 인사치레로 채워져 있습니다. '안녕하세요. 반갑습니다. 힘내세요. 잘 될 거예요. 파이팅. 행운을 빕니다. 행복하세요…' 사과 한 줄, 격려 한마디도 대충 하지 말아보세요. 내 삶에 정성을 다한다는 각오로 말이죠. 겉치레로 모호하게 싸여 있던 하루가 또렷한 색을 띠며 빛날 겁니다. 글을 받아 본 사람들 눈에 나는 '대충 지나가는 법이 없는 참 괜찮은 사람'이 되어 있을 테고요. 나의 글이 결국엔 나를 밝혀줄 겁니다.

: 연습 삼아 스르륵

누군가에게 갑자기 진심을 말하는 것이 영 어색할 때는 연습을 해보세요. 가장 쉬운 연습법을 소개할게요. 일기를 써보는 겁니다. 저는 힘든 날일수록 자신을 위해 정성 어린 편지나 일기를 쓰곤 합니다. 광고 카피를 쓰거나 에디토리얼 편집을 하는 수준으로 굉장히 공을 들여요. 김이 팍 죽어버린 자신을 살려놓는 것이 그 어떤 업무보다 중요하다고 믿기 때문입니다.

가장 힘들었던 날 썼던 일기를 소개합니다. 살면서 최초로 '망했다'고 스스로 판결을 내렸던 시기였어요. 사는 모양이 마음먹은 모양과 다르다는 것을 매일 확인했습니다. 그래도 나는 나를 놓지 말고 소중히 여기자고 눈물로 다짐했던 밤. 그 밤을 겨우 넘기고 나니, 2022년 새해가 밝았더군요. 글로 나를 살리기 위해 저는 마음 깊은 곳으로 들어

갔습니다.

골짜기 가장 깊은 데로 가보니 거기엔 의외로 '힘'이라는 것이 있었습니다. 내가 나를 35년간 사랑하며 길러온 힘이요. 그깟 실패 한 번 정도로는 뽑혀 나뒹굴지 않을 만큼 단단히 뿌리 내린 나의 에너지를 만났습니다. 그 힘을 천천히 짚으며 일기를 썼어요. 내가 나를 사랑해서, 내가 나를 살리기 위해 쓴 글입니다.

여러분의 삶에 위태로운 구절이 펼쳐진다면 이 페이지를 기억해 주세요. 이건 저라는 한 사람만을 응원하는 글이 아니에요. 어린 시절부터 쌓아온, 인간이라면 누구나 갖고 있는 공통된 힘에 대한 이야기입니다.

2022년 1월 1일 날씨 똑같음

(싱가포르에 살던 때라 날씨가 365일 똑같이 더웠습니다.)

두 손을 땅에 짚고 몸을 들어올리는 요가 자세가 있다. 이름은 쿠쿠타사나. 한국어로는 수탉 자세이다. 오롯이 팔 힘으로 몸 전체를 공중에 부양하는 꽤 힘든 자세다. 쿠쿠타사나를 수양하다 보면, 내 몸뚱이가 얼마나 무거운지 비로소 알 수 있다.

와, 씨, 60킬로그램을 두 손으로 들면 이렇게 무겁구나. 세상에 이거보다 더 무거운 게 있을까? 나보다 가벼운 몸이야 셀 수 없이 많고, 나보다 무거운 몸도 많겠지만 알게 뭐냐. 내가 지금 당장 들어야 할 무게는 바로 이것인걸.

나에게 주어진 이 무게를 이고 지고, 목표 지점까지 가야 한다. 그래야 수련이 끝난다. 온갖 각오와 다짐을 되뇌다 보니, 꿈쩍도 하지 않던 엉덩이가 미세하게 들린다. 드디어 엉덩이골 아래로 공기가 희미하게 드나든다.

'아, 나 떴구나' 그때쯤 깨닫는다. 참된 수양이로다. 그래, 굳이 이렇게 몸과 마음을 다스리는 데는 이유가 있었어. 바로 삶의 무게를 인정하는 것. 누구의 손도 빌리지 않고, 내가 지고 있는 무게를 오롯이 감당하는 것. 그게 인생이다.

서른다섯 살, 최초로 산다는 것이 무게와 관련 있다고 느꼈다. 날아다니는 것 같았던 20대와는 달랐다. 종목 자체가 바뀌었다. 누가누가 더 빨리 더 높이 나느냐에서 누가누가 더 많이 짊어지고 버티나로.

감당해야 하는 게 많다. 어깨에 켜켜이 쌓인 짐들. 이 무게와 싸우면 싸울수록 무너지는 것은 나 자신이었다. 때리고 원망하고 흘겨보아도 꿈쩍 하지 않는 것들. 이제부터는 배낭처럼 지고 걸으리라. 이길 수 없는 적과의 싸움은 결국 나의 일부로 받아들이며 어깨동무를 할 때 끝난다는 걸 2021년 한 해를 꼬박 걸려 배웠다. 그래, 삶과 싸우다 나자빠지지 말자. 인생에 정성을 들이자, 정성을.

새해 아침부터 만두를 빚었다. 동그랗게 빚으며 마음을 다잡았다. 오늘을 모든 것의 첫날로 치고, 새해 다짐들도 손에 쥔다. 내가 나에게 하는 크고 작은 약속들을 세며 만두소를 뜨고, 피로 감싸고, 가장자리 꼭꼭 눌러 봉하고, 폭 쪘다. 한 김 식혀다가 든든히 먹었다.

사는 무게가 버거울 때면 눈을 감고 마음을 잠시 안전한 곳으로 대피시켰다. 주로 옛집들이었다. 고등학교 졸업할 때까지 살았던 집. 서울로 대학 오고는 고향집 찾듯 내려갔던 집. 내 방도 거실도 아닌, 엄마의 부엌이 늘 먼저 떠올랐다. 거기 나란히 놓인 양념통들. 뚜껑이 덜 닫혀 있으면 매일 쓴다는 뜻이었고, 꼭 잠긴 채로 잘 닦여 있으면 좋은 날에만 쓴다는 뜻이었다. 군데군데 정든 얼룩들. 그 위에 엄마 요량 대로 오려다가 덧댄 시트지. 어디에 수납된 수저 무늬와 찻 잔 빛깔까지 또렷하다. 눈을 감고 하나씩 만지듯 떠올리면 부엌 역시 나를 만지듯 위로했다.

나도 몰랐던 나의 안전지대. 거기로부터 한해 한해 멀리 팔을 저어 여기까지 헤엄쳐온 거다. 안전지대는 내가 찾을 땐 언제든 물결을 타고 부표처럼 둥둥 곁으로 온다.

인생에 오래 남는 기억은 대체로 시간 겹겹이 누구로부터 시작해 나를 관통하여 또 다음 세대로 이어진다. 혼자서 잠깐 거머쥐고 벌어들인 것 혹은 놓쳐버린 것에 취해 비틀대 기 쉽지만. 그럴 때도 안전지대는 저만치서 둥둥. 우리가 행 여나 나자빠지면, 아이처럼 품에 폭 안아줄 셈이겠지.

그래, 정성 들여 살자. 지금, 여기야말로 내 아이가 훗날 떠 올리며 의지할 안전지대라고 생각하면 힘, 날 수밖에, 낼 수 밖에.

일기는 분명 힘이 있다

"오늘과 내일,

　그 사이에 쓰는 한 페이지의 정성"

어른이 되고는 늘 실패하는 일이 있습니다. 매년 새로이 마음을 먹지만 도무지 실천할 수 없는 그 일은 바로 일기 쓰기예요. 학창 시절에는 일기 쓰기가 숙제였고, 다이어리 쓰기도 한창 유행이었기 때문에 하루를 돌이켜보며 내 마음을 글자로 옮기는 일이 쉬웠습니다. 하지만 어른이 되고부터, 정확히는 누군가를 위해 글을 쓰는 일을 직업으로 삼은 후로, 일기 쓰기는 그야말로 고역이더라고요. 한 글자 한 글자 연필로 꾹꾹 눌러 담는 과정부터가 피로했습니다. 그럼에도 불구하고 꼬박꼬박 쓰는 것이 일기의 핵심일 텐데 말이죠. 일기 쓰기에 어김없이 실패했던 본질적인 이유는, 보여줄 사람이 없었기 때문입니다. 누군가의 요청에 의해 글을 쓰고 약속된 기한까지 높은 수준으로 완성해, 상대방을 만족시키는 게 나의 직업이었기 때문에 오로

지 나만을 위해 글을 쓴다는 게 허무맹랑하게 느껴졌어요. 자세를 갖춰 앉아, 일기장을 펴고, 연필을 쥐고, 한 글자 한 글자 눌러 쓰는 과정이 부질없는 노동처럼 여겨졌습니다.

그럴 수밖에 없는 때였던 걸까요? 아무도 보지 않는 일기는 무용하다고 생각했던 시기는 내가 남들을 의식하며 살던 구간과 일치하더라고요. 내가 입은 옷, 내가 다니는 회사, 내가 보낸 주말이 남들 눈에 어떻게 보여질지를 신경썼고, 그에 따라 인생의 디테일을 결정해 나가던 때였습니다. 더 좋아 보이고, 더 있어 보이고, 더 우아해 보이는 것을 소유하려고 애썼죠. 여기서 포인트는 그렇게 '보여야' 한다는 것이에요. 실제로 그러한지는 중요하지 않았습니다. SNS에 올릴 사진은 심사숙고해 고르고, 거기에 덧붙일 캡션은 수정하고 또 수정했지만 내가 실제로 어떤 시간을 보내는지, 오늘 하루 내가 진심으로 깨달은 점이 무엇이었는지는 뒷전이었죠.

시간이 흘러 점차 나이를 먹고, 가족을 이루며 자연스레 내게 정말 중요한 것이 무엇인지 하나둘 구별해 나가는 시기가 찾아왔습니다.

　내가 어떤 회사에 다니는지가 아니라, 어떤 일을 하고 있는지가 중요하다는 것. 내가 사는 집보다도 그 안에서 내가 어떤 관계를 이루고, 어떤 시간을 보내며, 어떤 표정을 짓고 있는지가 삶의 퀄리티를 좌우한다는 것을 깨달았습니다. 트렌디한 접시 위에 담긴 화려한 음식 사진을 SNS에 올리는 것보다도, 조금 촌스러울지언정 토요일 아침 전용이라고 가족들과 약속해 둔 접시에 담긴 토스트를 나눠 먹는 삶. 그런 삶이야말로 나의 인생에 의미를 가져다준다는 것을 알게 되었습니다. 그렇게 생활의 기준을 조금씩 바꾸어 갔습니다. 진심으로 행복하게, 정서적으로 충만하게 살기 위해 버릴 것은 버리고 더할 것은 새로 더했습니다. 그러는 과정에서 회사의 타이틀이 아니라 내가 하는 일의 본질로 관심의 무게를 옮겼어요. 눈앞에 놓인 것들을 사진으로 찍기보다는 그 순간을 오롯이 감상하며 뼛속 깊이 감흥을 새기도록 습관을 고쳤고요. 우아한 엄마라는 이미지를 만들었던 겉치레를 버리고, 삶의 지혜와 요령을 조목조목 알려주는 동반자가 되기 위해 아이 옆에 쪼그려 앉았습니다. 한마디로 삶의 모드를 전환했죠.

: 더 잘 사는 힘을 실어주는 습관 만들기

역시, 다 때가 있는 것일까요. 이렇게 내 마음과 행동을 고쳐나가며, 저는 올해 드디어 일기 쓰기에 성공했습니다. 2024년 1월 1일, 아이와 함께 식탁에 앉아 각자의 일기를 쓰기 시작했어요. 처음에는 글자를 눌러 쓰느라 손이 아팠고 무슨 말로 페이지를 채워 나갈지 막막했습니다. 나름 글로 벌어 먹고 산 지 14년이 된 사람으로서, 일기 한쪽도 잘 써야 한다는 부담감도 있었죠. 속도와 요령이 붙자 일기 쓰기가 재밌어졌습니다. 하루를 상세히 돌아보며 그때 내 마음이 어땠는지 그래서 내일부터는 어떤 자세로 세상에 나갈 것인지를 기록하는 일. 그 일이 이렇게 즐거울 줄이야. 내가 써놓은 일기 앞에 부끄럽지 않기 위해 하루를 드높은 마음으로 살려고 노력하고 있어요. 오늘 집으로 돌아가면 딸과 마주 앉아 일기를 쓸 테니, 그때 글로 비춰보게 될 나의 하루가 부끄럽지 않으려면 조금이라도 더 나은 모습으로 살게 되죠. 자질구레한 눈치 싸움이나 힘겨루기에서 신경을 거두고, 맑은 마음을 지켜내는 데 집중하게 됩니다. 저는 이것이 일기의 힘이라고 생각해요. 내가 나를 위해 공들여 써주는 글, 일기. 그건 단순히 글 한쪽을 내게 주는 게 아니라 그 글이 받쳐주는 힘을 디뎌 더 나은 하루를 살 수 있게 하니까요.

앞서 말했듯 우리는 어렸을 때부터 일기를 쓰며 성장해 왔습니다. 일기라는 숙제를 기꺼이 해내던 아이였든, 억지로 하는 아이였든. 우리는 매일 같이 나 자신에게 글 한 페이지를 써주며, 내일은 더 나은 하루를 살기를 진심으로 소망해 주었죠. 어쩌면 그 기원을 바탕으로 마침내 어른이 되었는지도 모릅니다. 막상 어른이 되고는 바쁘고, 피곤하고, 귀찮아서 멈춰진 우리들의 일기. 단 한 줄씩이라도, 다시 시작해 보는 건 어떨까요? 아무도 보지 않을 무용한 글이라 여기지 말고, 자신에게 힘을 실어주는 습관이라고 생각을 바꾸면 쉽습니다. 더 잘 살아보기 위해 헬스도 끊고, 필라테스도 다니고, 유기농 채소만 먹기도 하는데, 매일 5

분만 시간을 내어 한두 문장 쓰는 것은 그리 어려운 일이 아닙니다. 장담하건대 일주일만 해보아도 효용을 느낄 거예요. 내가 쓴 글의 힘을 딛고 삶에 애착을 가지게 된 자신을 보며, 일기의 힘을 실감하길 바랍니다.

　그래도 내키지 않는다면, 어린 시절에 써두었던 일기라도 몇 페이지 읽어보세요. 단순히 어린 시절의 글로만 감상하지 말고, 이렇게 귀엽고 순수한 글로 하루를 마무리하던 아이가 숱한 세월을 거쳐 어떤 어른이 되었는가를 염두에 두고 살펴보길 바랍니다. 아마 눈물이 고일 겁니다. 이 글을 썼던 맑고 총명한 아이가 결국에는 나라는 사람이 되었다는 것을 느끼는 순간, 우리는 얼마간 삶을 보다 정성껏 살 수 있게 됩니다. 설레는 마음으로 내일을 기다렸던, 빛나는 장래 희망이 있었던, 매일이 즐거웠던 어린 시절의 나에게 미안해서라도 말이죠.

　그렇다면 20년 혹은 30년 후의 나를 위해 내가 지금 해줄 수 있는 일은 무엇일까요? 바로, 오늘 하루를 소중히 여기며 짧은 기록을 남겨 더 나은 내일로 연결해 나가는 것입니다. 다음 날, 또 다음 날로 이어지며 우리는 20년도, 30년도 정성껏 살게 될 겁니다. 어느 날 갑자기 꿈꾸던 인생을 살게 되는 사람은 없습니다. 다만, 하루하루를 엮어 조금씩 더 멋진 모양으로 만들어 나갈 수는 있죠. 오늘과 내일 그 사이에, 내가 나에게 해줄 수 있는 가장 위대한 일. 나 자신에게 일기 한쪽을 남겨보세요.

일부러 쓰는 낯선 단어

"보편적인 단어가 떠오르는 자리에,

 가장 낯선 단어를."

링크드인^{LinkedIn}이라는 소셜미디어가 있습니다. 커리어 관련 콘텐츠를 포스팅하는 곳이죠. 다양한 기업의 채용 정보도 접할 수 있어, 특히 외국계 기업으로 이직하고자 하는 사람들이 많이 찾습니다.

2022년 초반, 링크드인이 'I am happy to announce~(~를 알리게 되어 기쁩니다)'로 시작되는 포스팅으로 도배됐던 적이 있습니다. 구글의 어떤 직책을 새로 맡게 되어서, 아마존의 어떤 자리로 가게 되어서 기쁘다는 내용이었죠. 그간 팬데믹으로 침체되었던 이직 시장이 점차 활기를 띄며, 이직이 활발히 일어났거든요.

앞다투어 더 좋은 회사, 더 좋은 직책으로 옮기던 때였습니다. 매서운 기세로 흐르는 물결 같았죠. 2년에 걸친 팬데믹을 관통하는 동안 스스로에게 던져보았을 질문에 대한 답이 이직이라는 트렌드로 발현된 게 아닐까 추측해봅니다.

> "나는 지금 잘 살고 있는가?"
> "마음에 들지도 않는 일을 하느라 삶을 다음 순서로 미뤄온 건 아닌가?"
> "팬데믹 같은 치명적인 사건이 언제 또 터질지도 모르는데, 나는 지금 당장 만족하며 일하고 있는가?"
> "나는 어떤 방식으로 일하고 싶은가?"

하루에도 대여섯 개의 포스팅이 올라오는데 하나같이 'I am happy to announce~ (~를 알리게 되어 기쁩니다)'로 시작했습니다.

그걸 지켜보는 사람들은 제법 불안했을 겁니다. 다들 새로운 결심을 하고, 더 나은 길로 가고 있는 것 같은데 나만 제자리걸음을 하는 것 같을 때 두려움은 극으로 치달으니까요.

그러던 중 한 포스팅이 주목받았습니다. 바로 'I am happy to announce nothing(아무것도 알릴 것이 없어 기쁩니다)'이라는 자조 섞인 글이었어요. '너도 나도 이직을 알리는데, 나는 아무 소식이 없네~'라는 포스팅은 유쾌함 그자체였습니다. 영어 문장 구조상 앞부분은 똑같이 시작하다가 마지막 단어만 'nothing'으로 끝나니, 반전 매력까지 흘러넘쳤죠.

허를 찔린 기분과 속이 뻥 뚫리는 심정으로 다들 '좋아요'를 눌렀습니다. 저 또한 그랬죠. '그래, 아무 일 없이 사는 게 얼마나 대단한 건데!'라고 외치며 건배를 하듯 '좋아요'를 눌렀습니다.

가장 보편적인 단어가 떠오르는 자리에 놓인 낯선 글자는 신선한 매력을 풍깁니다. 이직한 회사 이름과 자신이 새로 맡게 된 포지션에 대해 언급할 자리에 'Nothing'이라는 단어를 배치한 것. 대단한 크리에이티브이자 사회적 메시지라고 생각해요.

영어 예시를 하나 들었으니, 한국어 예시도 하나 들겠습니다. 중학교 1학년 때 배운 황진이의 시조입니다. 처음 이 구절을 접하고는 얼마나 감격했는지 모릅니다. 설명해 주시던 선생님의 목소리, 눈빛, 제스처까지 또렷하게 기억나요. 최근에도 '맞다, 이런 근사한 시조가 있었지'라고 기억해 내고는 읽고 또 읽었습니다. 여전히 아름다웠습니다. 후대 사람들은 이 시조의 가장 유명한 구절을 따다 제목처럼 부릅니다. 〈동짓달 기나긴 밤을〉이라고요.

동지(冬至)ㅅ달 기나긴 밤을 한 허리를 버혀 내여,

춘풍(春風) 니불 아레 서리서리 너헛다가,

어론님 오신 날 밤이여든 구뷔구뷔 펴리라.

현대어로 옮기면 다음과 같습니다.

동지달 기나긴 밤의 한 허리를 베어 내서

봄바람처럼 따뜻한 이불 아래 서리서리 넣어뒀다가

정든 님 오신 날 밤에 굽이 굽이 펼치리라

* 서리서리 : 국수처럼 동그랗게 말아

놀랍지 않나요? 길고 고독한 시간에 놓인 사람. 그는 속절없이 흐르는 시간이 아까워, 차라리 이 시간을 잘라다 보관할 수 있길 바랐습니다. 국수처럼 또르르 말아 따뜻한 이불 속에 넣어놓고, 정든 님이 오셨을 때 굽이굽이 펼치고자 염원했죠.

꼭 남녀 간의 사랑이나 그리움만을 노래한 시조라고 생각하지 않습니다. 시간이 내 맘 같이 흐르지 않을 때, 차라리 어디 갈무리해 두었다 꼭 필요한 순간에 요긴하게 쓰고 싶다고 생각해 본 사람이라면 쉽게 공감할 만한 은유예요.

저는 여태까지 시간의 개념을 이렇게나 신선한 각도로 다룬 작품을 접하지 못했습니다. 동시에 이렇게 아름다운 시각 언어로 표현해 낸 작가도요. 이렇게 쓰는 기법이 따로 있었다든지, 공식처럼 외우고 있다가 적용한 표현은 절대 아닐 겁니다. 허무한 시간을 붙잡고 절절히 울어봤기 때문에, 언젠가 국수를 삶아다 동글동글 말아봤기 때문에, 그 감정과 감각이 한데 모아 이런 근사한 시조를 창조해 낸 거겠죠.

: 마음을 울리는 단어의 힘

제게도 그렇게 국수처럼 말아다 저장해 두고 싶은 때가 있었습니다. 역설적이게도 세계 시총 1위로 꼽히는 회사에서 일했던 마지막 해와 일치합니다. 개인적인 사정으로 팀을 옮기게 되었는데, 도무지 적성에 맞지 않는 일을 맡게 되었습니다. 어쩔 도리가 없어 거기 머물러야 했어요. 회사가 너무 대단하다 보니, 그 그림자에 가려 내 적성이나 내 고유의 빛은 따질 겨를이 없었죠. 그저 이 대단한 회사로부터 연봉을 받는 것이 영광이다 싶었습니다.

당연한 수순이었을까요. 저는 하루하루 시들어갔습니다. 내가 잘 하는 일이 아니라서 잘 못하는데, 잘 못하고 있는 내가 참 못나 보였죠. 인생 최초로 들어선 실패의 구간 같았습니다. '인생이 꼬였다'라고 느낀 최초의 지점이기도 하죠.

그만두지 그랬느냐고요? 저도 스스로에게 매일 새로 고쳐 물었습니다. '그냥 그만두지 그래?'라고요. 하지만 또다시 같은 대답을 반복했습니다. '회사가 어마어마하잖아'라고요. 제가 여길 그만두고 적성을 찾아 떠난다고 하면, 내

막을 모르는 사람일수록 이렇게 말할 확률이 높았죠. "그 좋은 회사를 왜 그만둬? 남들은 문턱 한 번 못 밟아보는 그런 좋은 데를."

저도 그 질문에 뾰족하게 대항할 힘이 없었기에, 어찌저찌 시간을 때웠습니다. 적성에도 맞지 않는 일을 하면서요. 괴로이 잠들던 밤마다 황진이를 떠올렸습니다. 답을 알면서도 답대로 살지 못하는 짙고 어리석은 시간. 이 시간의 허리춤을 잘라 저장해둘 수 있다면. 그래서 내가 내게 꼭 맞는 무대에 올랐을 때, 내가 가진 노래를 부르며 박수를 받을 때, '시간이 이대로 멈췄으면 좋겠다'는 감상이 입에서 절로 터져나올 때. 그때 굽이굽이 펼치고 싶다고 기도했습니다.

그렇게 황진이의 시조에 기대어 울던 시간이 저물고, 저는 가까스로 새로운 문을 열었습니다. 비로소 내가 주인공인 세상을 향해 떠났죠. 그래서 제게 황진이는 특별합니다. 짙은 시간을 버텨낼 때, 곁에서 같은 목소리로 시조를 읊어준 인물이니까요. 그 심정을 멋지게 글로 써내는 법 또한 일러준 작가 선배님이고도 하고요.

저는 더 이상 그 짙은 시간을 실패라 부르지 않습니다. 나라는 주인공이 뜨겁게 관통해온 구절이자, 내가 살아가는 작품의 가장 중요한 부분이라고 칭해요. 그건 시간을 종이처럼 구겨다 쓰레기통에 버리지 않고, 국수처럼 말아다 이불에 넣어둔 덕분입니다. 황진이에게 두고두고 감사할 일이죠.

그저 그런 표현으로 글을 때우고 있을 때, 기계처럼 사무적인 글들을 늘어놓을 때, 황진이의 시조가 가만히 찾아와 제 손가락을 붙잡습니다. 네가 정말 글을 사랑하고, 메일 한 줄이라도 정성껏 쓰기로 마음먹은 사람이라면, 잠시 멈추고 생각해 보라고. 가장 평범한 단어가 떠오르는 그곳에, 가장 절절히 경험한 단어를 넣어보라고요.

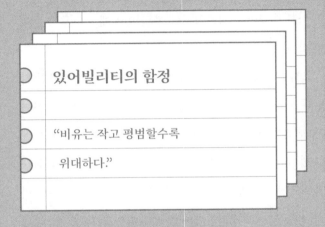

있어빌리티의 함정

"비유는 작고 평범할수록

위대하다."

사람은 사람을 보고 배웁니다. 좋은 것도 나쁜 것도 사람으로부터 배우죠. '남'이란 그 어떤 교과서나 커리큘럼보다 효과적인 교육 콘텐츠입니다. 인생의 중요한 덕목일수록 남의 행동으로부터 배운다고 믿어요.

제가 여태 배운 것들 또한 그렇습니다. 삶을 더 낫게 만든 습관들은 대부분 사람으로부터 보고 배웠어요. 그중 하나는 헤어샵에서 머리를 감겨준 어시스트 분께 꼭 "감사합니다."라고 인사하는 겁니다.

머리를 감겨준다는 건 굉장히 친밀한 서비스입니다. 앞으로도 그런 서비스를 제공한 사람에게 감사하다는 코멘트는 남길 줄 아는 사람으로 살고 싶어요. 당연히 받아야 할 서비스라 여기며 디자이너가 기다리는 자리로 쓱 가버리는 사람보다는 훨씬 낫다고 생각합니다.

이 3초도 안 걸리는 '감사합니다'의 순간이 쌓여 저를 더 나은 사람으로 만든다고 믿어요. 어떤 학교를 졸업했느냐, 어떤 회사에 다니느냐보다 이 3초들이 모여 내는 빛이 더 강력할 겁니다.

이 작고도 위대한 습관은 친구로부터 배운 것입니다. 제가 고등학교 1학년이었던 2003년은 머리를 한껏 부풀리는 파마가 유행이었죠. 친구들과 주기적으로 시내에 나가 일명 '뽕 파마'를 했어요.

머리를 초코송이 마냥 성공적으로 부풀린 날이었습니다. 마무리 서비스로 드라이를 받을 때쯤이었죠. 엄청난 교육 현장이 제 눈앞에 펼쳐졌습니다. 우리 중 가장 센 캐릭터였던 친구가 미용실 언니에게 머리가 마음에 든다며 "고맙습니다."라고 깍듯이 인사를 하더라고요.

신선한 충격이었습니다. 무뚝뚝하고 과묵할수록 센 사람인 줄 알았거든요. 또래 친구들이 보는 앞에서 미용실 언니들에게 싸가지 없게 행동하면 더 멋있어 보일 거라 여겼던 착각이 와장창 깨졌어요.

'상냥할수록 지는 거라고 생각했는데, 그게 아니었나? 멋있어 보이네?'. 저는 여태 또래 친구들보다 더 많이 알고, 더 옳고, 더 낫다고 자부하며 지냈는데, 그게 아니었다는 사실도 꽤 충격이었죠.

그날 이후 20년이 지난 지금까지, 저는 미용실에서 꼭 인사를 합니다. 어시스턴트 분께서 머리를 감겨주실 때, 디자이너 분께서 마지막으로 드라이 서비스를 해주실 때. 숙제처럼, 운동처럼 꼬박꼬박 인사를 해요. 한 번도 잊은 적 없죠. 나에게 이 매너와 센스를 알려준 친구에게 고마울 따름입니다.

제가 누군가에게 '괜찮은 사람'이라는 평가를 받는다면, 그건 다 사람들로부터 배운 걸 겁니다. 반면 어느 면은 좀 부족하다는 소리를 듣는데도, 그건 사람들로부터 못 배운 걸 테고요. 학력이 모자라 그렇다거나, 특수한 커리큘럼을 밟지 못해서는 아닐 겁니다.

: 작고 사소한 것을 관찰하는 습관

글쓰기도 마찬가지입니다. 글쓰기 핵심 공략 도서를 봐

야만, 뛰어난 강사에게 수업을 받아야만 요령이 생길까요? 아닙니다. 먼 데서 비법을 찾아 헤매던 시선을 일상 가까이로 끌어다 놓으세요. 글의 재료, 글의 비법은 등잔 밑에 잔뜩 널려 있습니다.

저는 글의 주제를 정할 때 혹은 표현법이나 단어를 고를 때 지극히 평범해지려고 애써요. 생활 속 가장 사소한 순간에 관찰해 뒀던 것을 응용하죠. 보통의 소재에 대해 쉽고 친절하게 쓸 때, 글은 더 위대해진다고 믿기 때문입니다.

"나는 개한테 최선을 다했다. 끝까지 잘해줬다. 후회 없다."

많이들 하는 말이죠? 이걸 좀 다르게, 더 와 닿게 써보고 싶다면? 어느 대단한 심리 용어를 쓰는 게 아니라, 누구나 공감할 법한 비유를 하는 게 낫습니다. 저는 무언가 남김 없이 최선을 다했다는 문장을 쓸 때, 밥풀을 싹싹 긁어 먹는 동작을 애용해요.

"한 톨도 안 남기고 다 주려고, 밥공기처럼 기울여 쥐고는 싹싹 긁어 퍼줬다."

우리가 밥 먹을 때 하는 행동을 자세히 들여다보고 저장해뒀다가 절묘한 위치에 써먹는 거예요. 이때 묘사하는 내용은 많이 배운 사람만 알아듣는다거나, 엄청난 부자들만 이해하는 행위여서는 안 되겠죠. 비유나 표현은 평범해야 합니다. 그래야 글이 멀리 나아갈 수 있어요.

"마지막 남은 아티초크 위에 캐비어를 얹어 줘도 아깝지 않은 사람."보다도 "한 톨도 안 남기고 싹 긁어 너에게 줬다."가 나은 문장입니다. 일부 사람만 경험해본 비유보다 훨씬 많은 사람이 공감할 수 있으니까요. 부유해도, 가난해도, 바빠도, 게을러도, 아이도, 노인도 모두 밥공기에 밥을 담아 먹어요. 그러니 아티초크에 얹은 캐비어보다는 밥 한 톨에 고개 끄덕이는 사람들이 훨씬 많겠죠.

있어 보인다는 명분으로 나도 잘 모르는 말을 끌어다 글에 옮기는 헛수고는 하지 마세요. 읽는 사람의 기를 죽여 놓거나 그저 아는 체를 하기 위해 단어나 표현을 고르면 안 됩니다. 공감은커녕 눈총만 얻어요. 누구나 이해하고 공감하는 글이 좋은 글입니다. 있어 보이긴 하는데 무슨 말인지 당최 모르겠는 글은? 나쁜 글이죠.

"생각을 다 정리했다."라는 문장에 묘사를 더할 때도 마찬가지예요.

"드디어 생각을 정리했다. 카뉴쉬르메르랑스에서 테라스에 놓인 마호가니 테이블에 앉아 아이스 버킷에서 갓 꺼낸 칠링된 샤도네이를 마시는 것처럼 상쾌했다."

이런 있어빌리티 문장보다는 아래의 문장이 더 낫죠. 저는 위의 문장은 쓰지 못하고 아래의 문장은 쓸 수 있음에 자부심을 가집니다.

"여기저기 널어놨던 생각들을 걷어다 곱게 개어 정리해 두었다."

있어빌리티 문장으로 나의 자랑 욕구를 해소할 수는 있겠죠. 하지만 그 대가로 모호함과 비호감을 얻기 쉬워요. 반면에 평범하고 사소한 비유는 모두의 공감을 얻죠. 샤도네이를 머금는 사람도, 소주로 가글하는 사람도 밥공기를 긁어 먹고, 수건을 개니까요. 작고 사소한 비유가 절묘한 위치에 놓일 때, 문장은 위대해집니다.

있어빌리티의 함정에 빠지지 마세요. 사소한 것을 면밀히 관찰하세요. 보통의 순간들을 수집해 절묘한 위치에 가져다놓을 때, 문장은 더 많은 사람의 마음 문을 두드릴 수 있어요. 누구나 알아듣는 주제, 표현, 단어로 모두의 인생을 두드리는 글, 그런 글이 위대합니다.

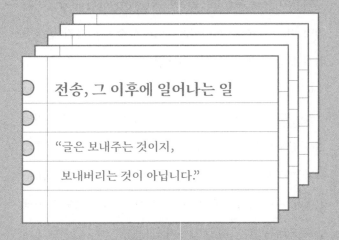

전송, 그 이후에 일어나는 일

"글은 보내주는 것이지,

보내버리는 것이 아닙니다."

글이 선물이라고 생각해 보세요. 화병이나 셔츠처럼, 글도 누군가에게 주는 물건이라면? 나름의 안목과 배려로 단어를 골라 글을 짓고 넘치지 않게 담은 뒤 포장해야겠죠. 상대가 반갑게 받아들고, 생활 속 어딘가에 놓아두며, 살뜰히 꺼내어 사용하길 바라면서요.

반면 글이 쓰레기라고 생각해 봅시다. 아무 단어나 골라, 쓰레기 봉투 입구를 벌린 뒤 마구마구 쑤셔넣을 겁니다. 다듬을 필요도 없습니다. 어차피 버릴 거니까요. 그저 잡히는 대로 욱여 넣은 뒤에 냅다 던지겠죠? 물론 반응도 좋지 않을 겁니다. 쓰레기를 환영할 사람은 아무도 없으니까요.

우리는 글을 보내드린다고도 하고, 보내버린다고도 합니다. 둘은 엄연히 달라요. 글을 보내드리면 그건 선물이고, 글을 보내버리면 쓰레기가 됩니다. 우리의 글이 쓰레기가 된다면 슬픈 일일 겁니다. 그러려면 버리듯이 보내지 말고, 잘 살피고 다듬어 보내주어야 합니다.

: 감정에서 한 걸음 떨어져서

감정에 휩싸인 채로 글을 쓸 때가 가장 위험합니다. 끓어넘치는 분노를 주체하지 못 하고 글을 갈겨버릴 때가 많죠. 다시 읽어보지도 않고 냅다 보내버립니다. 그 글이 어디론가 날아가 악취를 풍길 텐데도, 신경 쓸 겨를이 없어요. 단단히 화가 난 사람 눈엔 보이는 게 없습니다.

문제는 그 쓰레기에 내 이름표가 붙어있다는 사실입니다. 아무리 멀리 내던지고 모른 척해도 소용 없어요. 내가 쓰레기를 버린 사람이라는 사실을 피할 수 없죠. 그렇게 내던져 버린 글이 좋은 결말을 가져다주는 경우를 못 봤습니다.

제가 버리듯이 보내고 후회한 글을 소개합니다. 싱가포르에서 살 때, 저의 집안일을 돕던 가사도우미에게 보낸 메시지입니다. 싱가포르에는 대부분의 가정에서 가사도우미, 즉 헬퍼helper를 고용합니다. 필리핀, 미얀마, 인도네시아 등 주변 국가에서 많은 여성들이 헬퍼로 일하기 위해 싱가포르로 입국합니다. 정부의 승인 아래 비교적 저렴한 임금으로 그들을 고용할 수 있어요. 매달 600불을 헬퍼에게, 300불을 싱가포르 정부에 지불하면, 집안일과 육아를 맡길 수 있죠.

처음에는 이런 문화가 낯설어 1년 정도는 혼자서 일과 육아를 병행하며 버텼습니다. 그러던 중 팬데믹이 길어지며 백기를 들었죠. '짧든 길든 싱가포르에서 살 텐데, 하루라도 나답게 살아있자. 둘 다 엉망으로 해내느라 죽어있지 말자'라는 심정으로 헬퍼를 고용했습니다. 필리핀에서 온 로즈Rose라는 친구를 집으로 들였습니다. 그날부터 집안일과 육아를 맡겼죠.

그는 대단한 헬퍼였습니다. 오자마자 집을 깔끔하게 청소했어요. 마음에 쏙 들었습니다. 기본적인 요리도 해놓고, 아이의 등하원까지 책임져준 덕분에 제 삶이 한결 나아졌죠. 헬퍼가 생기고는 마침내 책 한 권을 오롯이 다 읽었던 순간이 떠오릅니다. 살 것 같았어요. 그의 도움 덕분에 온전히 나를 위해 시간을 쓰는 사치를 누렸습니다.

그에게 주로 고마워했지만, 그렇지 못한 날도 더러 있었습니다. 사람 마음이 참 간사하죠. 그로부터 도움받는 것에 익숙해질 무렵이었습니다. 팬데믹 덕분에 매일 같이 재택 근무를 하던 때예요. 집에서 일을 하다 보니 집중이 흐려져, 얇고 길게 업무를 처리하게 됐습니다. 제대로 집중하지 않은 채, 거의 하루종일 업무에 매달려 있었죠.

덕분에 스쿨버스를 타고 온 아이를 맞이하는 건 오롯이 로즈의 몫이었습니다. 그대로 집에 들어오기 아쉬운 아이는 동네 친구들과 놀이터에서 한 시간 정도 놀다 오곤 했습니다. 아이의 친구들 역시 그들의 헬퍼와 함께였죠.

모처럼 신나게 놀아주고 싶었던 로즈는 아이들과 술래잡기 놀이를 함께했다고 합니다. 흥이 잔뜩 오른 아이는 뜀뛰기를 하며 도망가다 그만 넘어졌고요. 화단 모서리에 턱이 부딪히며 피가 줄줄 흘렀다고 합니다.

울며 집으로 들어온 아이. 제가 어렸을 때 그러했듯, 많이 아프다고 하면 큰일이 될까 봐 별일 아닌 척 눈물을 훔

쳤습니다. 하지만 깊게 파인 상처는 언뜻 보아도 꽤 심각했죠. 아이를 데리고 병원에 갔더니, 아니나 다를까 꿰매야 하는 상처라는 진단을 받았습니다.

꿰매야 할 만큼 깊은 상처가 얼굴에 난 것도 속상했지만, 치료 자체가 너무 버거웠습니다. 꿰매는 동안 아이가 가만히 있을 리 없었으니까요. 수면 마취 주사를 맞는 것부터 문제였습니다. 주사 바늘이 무서워 울며 불며 난리를 피우는 바람에 저까지 진땀을 뺐어요. 주사를 맞는 데만 두 시간이 걸렸습니다. 아이를 어르고 달래며 실랑이를 하다 보니 슬슬 분노가 치밀어 올랐습니다.

제가 일하는 시간만큼은 아이를 안전하게 보살펴달라고 단단히 일러뒀건만. 애초에 그는 그걸 잘 해내라고 고용된 사람이건만. 왜 내 하루를 이렇게 망쳐놓는 건지. 머리 끝까지 화가 치밀었습니다. 감정이 채 가다듬어지기 전, 로즈에게 문자 메시지를 보냈습니다.

"I told you you have to help me, not disturb me. You gave me a hard time. You ruined my day."

(내가 나를 도와달라고 했지. 언제 망치라고 했어. 덕분에 아주 최악
이야. 내 하루를 망쳤어.)

영어가 아니라 한국어로 했으면 더 단단히 할퀴어줬을
텐데. 영어로 하니 무슨 영화 대사처럼 들리는 게 약이 올
라 더 화가 났죠. 로즈에게 있는 대로 쏟아붓고는, 어찌저
찌 아이의 턱을 치료했습니다. 나도 울고 아이도 울었습
니다.

모든 것을 수습하고 집으로 돌아오는 길. 벌벌 떨고 있
었을 로즈를 생각하니 뒤늦게 마음이 편치 않았습니다.
나의 딸처럼 그도 누군가의 딸이라는 사실이 그제서야 짚
이기 시작했습니다. 얼굴이든 마음이든 누가 작은 상처라
도 내면 이렇게 확 돌아버리는 엄마가 애써 키운 자식일
텐데. 심지어 그런 귀한 딸을 다른 나라 가사도우미로 보
냈으니, 로즈의 엄마는 늘 마음 한켠이 시리겠죠. 나의 다
른 딸이 누군가에게 이토록 혼나고 벌벌 떨고 있다고 생각
하니 마음이 쓰렸습니다. 후회가 몰려 왔어요.

하지만 메시지는 한참 전에 발송됐습니다. 주워 담을 길

이 없었죠. 집으로 돌아와 그에게 사과했습니다. 병원에서 아이를 어르고 달래는 게 버거워 너무 화가 났다고. 해서는 안 될 말을 너에게 해버렸다고. 후회하고 있고, 미안하다고 말하며 꼭 안아주었습니다. 그 역시 눈물을 흘리며 미안하다고 하더군요. 도우려고 온 사람인데 돕지 못하고 망쳐버려 죄송하다고요. 다시는 이런 일이 없도록 하겠다며 울었습니다.

마음이 너른 헬퍼를 만나 행운입니다. 제가 글을 쓰레기처럼 보내버렸는데도 그걸 열어 무엇이 들었는지 헤아려주는 사람이었죠. 그 뒤로 우리는 더 친해졌고 서로를 더 이해하며 살폈습니다. 로즈도 그날의 메시지를 차마 잊고 살지 못했겠지만, 저 역시도 그 글자들을 잊지 않습니다. 다시는 누구에게도 그렇게 글을 던져버리지 않겠노라 다짐하며 살아요. 가사도우미든 누구든 어디서도 그런 대접을 받아 마땅한 사람은 없으니까요.

언젠가 그녀의 방 한 켠에 붙은 위시리스트를 본 적이 있습니다. 싱가포르에서 헬퍼들은 주로 창고 같은 방에서 지냅니다. 집을 설계할 때부터 헬퍼가 묵을 손바닥만한 공간을 배치해 두죠. 몸부림은 감히 엄두가 나지 않는 침대가 겨우 놓인 곳. 거기 붙은 위시리스트에는 가보고 싶은 곳, 해보고 싶은 일들이 주르르 적혀있었습니다.

그의 벌이로는 감히 꿈꿀 수 없는 것들이었죠. 여러 감정이 교차했습니다. 어쩌다 이런 관계로 만났을까요, 우리는. 수십 년간 서로 다른 나라에서 다른 언어를 쓰며 다른 음식을 먹고 살다가 말이에요. 어느날 갑자기 집안의 모든 것을 공유하고 아이까지 맡기는 사이가 된 건지 신기한 노릇입니다. 그런 특별한 인연으로 만나, 서로의 위시리스트를 해결해 주지는 못할 망정 쓰레기 같은 글을 던져서는 안 되는 거였습니다.

저처럼 감정에 휩싸여 메시지나 메일을 보내버리는 경우가 있을 겁니다. 슬픔을 주체하지 못해서, 화가 폭발해서 혹은 좋아하는 감정이 집채만큼 불어나서 동네방네 억울한 심정을 알리고 싶어서.

손가락이 거침없이 쏟아지는 말들을 여과 없이 보내서

죄다 엉망으로 만들어버리고 싶은 심정. 암요, 잘 알죠. 인생이 고약한 장난을 걸어올 때는 '될 대로 돼라. 나도 이판사판 다 쏟아내리라' 하며 글을 휘갈기게 됩니다.

그 장난에 속지 말아요. 그리고 기억합시다. 글은 보내주는 것이지 보내버리는 것이 아니라는 걸요. 세상 어디에도 나의 쓰레기통이 되기 위해 태어난 사람은 없습니다. 글이란 쓰이는 순간 나의 것이고, 전송되는 순간 누군가에게 도착해 버립니다. 없던 일, 없던 글이 될 수 없어요.

내가 써서 후련한 마음보다 그가 읽고 느낄 고통이 더 크다면? 그런 파괴적인 글로 대체 무엇을 얻고자 하는지 생각해 봐야 합니다. 누구도 나쁜 사람이 되고 싶어 하지 않습니다. 우리 모두 그렇죠.

글도 마찬가지입니다. 어떤 글도 파괴력을 갖고 태어나고 싶어하지 않습니다. 생명력을 갖고 싶어 해요. 가뜩이나 사건 사고가 많은 세상, 글 때문에 누구도 다치지 않기를 바랍니다.

순수함이야말로 최고의 기술

"잘 써야 하는 글, 대충 써도 되는 글을
섣불리 구분하지 말 것"

글을 쓰다 보면 의도치 않게 기술이 하나 늡니다. 바로 판을 읽는 능력이죠. 특히 글을 요청한 클라이언트나 글의 완성도를 판단해 줄 상대가 있는 환경에서 글을 쓰면, 판을 읽는 재주가 빠르게 발달합니다. 피드백을 바탕으로 수정해 나가다 보면 어쩔 수 없이 상대방의 취향을 파악하게 되어, 다음부터는 따로 언급하지 않아도 그가 좋아할 만한 방향으로 글을 쓰게 되죠. 이왕 쓰는 글, 읽는 사람의 마음에 들면 결과도 좋고, 일도 빠르게 정리가 되니까요. 그런데 안 좋은 의미로 발전을 거듭하게 되면, 상대방의 의견이 얼마나 힘을 가졌는지까지 파악하게 돼요. 이 사람의 취향에 맞춰서 썼더니 대중의 반응은 별로 안 좋았다거나, 실제로 일의 성사를 결정할 사람은 따로 있었다는 것을 학습하고 나면, 다음부터는 더 영향력이 있는 대상에게 맞춰 글을 쓰게 됩니다. 어찌 됐든 내 글을 살리려는 생존 본능 같은 거예요. 글의 생명을 연장해 줄 실세는 누구인지, 그가 현재 어떤 걸 중요시 하는지, 어떤 취향을 가졌는지 주요 정보들을 수합해 전략을 짭니다. 이것이 '판을 읽는 능력'이죠.

생존하려면 적절한 에너지 안배가 필수. 그래서 판을 읽는 기술은 자연스럽게 내가 어느 글에 더 공력을 쏟아야 할지를 감지합니다. 판의 사이즈를 가늠해 보는 거죠. 이번 글은 내가 열과 성을 다해 쓸만한 가치가 있다는 판단과 또 어떤 글은 고생할 가치가 없다는 직감으로 '잘 쓸 글'과 '덜 잘 쓸 글'을 구별해 내는 거예요. 저는 어지러이 뭉쳐진 의견들을 간결하고 매력적인 글로 정리해 내는 일을 업으로 삼아 카피라이터로, 에디터로, 또 작가로 일해 왔습니다. 10년 차쯤에 이 판을 읽는 능력은 최고치를 찍었어요. 팀장님 낯빛만 봐도 이번에 내가 써야 할 글이 나를 빛나게 해줄지, 혹은 별 볼 일 없이 끝날지 감이 오더라고요. 고백하건대, 고생길이 훤한 글은 일부러 더 못 써서 일찌감치 성사가 안 되게 틀어버린 적도 있었습니다. 내게 더 큰 영예와 보상을 가져다줄 글에 집중하기 위해서요. 그렇다면 14년 차인 지금은 어떨까요? 먼 미래도 내다보는 영험한 지경에 이르렀을까요?

　결론부터 말하자면, 아니에요. 자리가 크든 작든, 가치가 높든 낮든, 내게 온 모든 글을 순수한 마음으로 대하려고 애씁니다. 판을 보는 게 아니라 오직 글을 보기 위해 최대한 집중을 합니다. 글쓰기에 있어서 최고의 기술은 바로 순수함이라는 것을 깨달았기 때문이에요. 교묘하게 수를 쓰기 시작하면 글 대하는 마음이 탁해집니다. 아무리 글자로 덮어도 그 아래에 놓인 의도가 다 보이기 마련이라고 책에 쓴 적이 있습니다. 정말 그렇더라고요. 특히 내 글에 대한 피드백을 주고받으며 논의하는 자리에서 크게 표시가 나요. 순수한 마음으로 글에 대한 논평을 대하면 어떠한 호평도 혹평도 고깝게 들리지 않아요. 모두가 일을 더 나은 방향으로 개진하기 위해 의견을 보태고 있다는 걸 알기 때문이죠. 그런데 사사로운 이득을 노리며 교묘하게 써낸 글에 대해 누군가 첨언을 하면, 같은 말도 다르게 들립니다. 글에 대한 의견이 아니라, 내 은밀한 전략을 가로막는 장애물로 여겨지죠. 내 글에 대해 이렇다 저렇다 말하는 모든 사람들이 훼방꾼으로 보이니 어느 방향이든 마음 편히 나설 수가 없습니다.

: 다시 최선을 다하기까지

어렸을 때는 모든 일에 최선을 다해야 한다고 배우다가, 머리가 크고는 반대로 깨우치게 됩니다. 최선을 다하는 것보다는 결국 잘 해내는 것이 중요하다고요. 하지만 결국 깨닫습니다. 일을 잘하는 유일한 방법은 오직, 최선을 다해 버티는 것이라는 걸 말이죠. 묵묵히 정도를 걷는 것이 결국 이득이라는 걸 마침내 깨달은 것인데, 글쓰기도 비슷합니다. 어느 정도 수준에 오르기까지는 일단 주어지는 대로 최선의 글을 써내며 연습을 거듭해야 합니다. 그러다 노하우가 생기면 가장 효율적으로 좋은 성적을 유지하며 커리어를 관리하게 됩니다. 거기서 조금 더 가보면 새롭게 깨닫습니다. 모든 글에 최선을 다하는 순수성을 유지하는 것이야말로, 최고의 글쓰기 기술이라는 것을. 글로 가치를 창출하는 프로라면, 자리의 높낮이를 가리지 말고 모든 글에 자신만의 완결성을 담아야 한다는 것을.

한번은 이런 일이 있었습니다. 회사의 어느 부서에서 진행 중이었던 광고 카피에 문제가 있으니 도와달라는 메일이 급히 날아왔습니다. 미안하지만 내일 당장 부사장 보고가 잡혀 있으니 아삽으로 (ASAP: As soon as possible, 최대한 빨리) 카피를 손봐 달라는데, 사실 당황스러웠습니다. 처음 보는 사람이, 영문도 모르는 일로 다짜고짜 카피를 써 달라니. 게다가 어디 대문짝만하게 실리는 대형 광고도 아니고, 배너 광고라니 딱 봐도 사이즈가 안 나오는 것 같았죠. 그 와중에 메시지 정리도 안 되어 있어, 여기저기 손볼 데가 많았습니다. 그렇다고 나 몰라라 할 수는 없으니 카피를 정리했어요. 그래도 내게 도착한 일이니 내 품을 떠나 다시 상대방에게로 출발할 때는 나의 이름을 걸고, 더 나은 퀄리티로 정리되어 있어야 한다는 일념으로요. 완성된 카피를 보내주고 나니, 내게 날림으로 업무를 요청한 것이 영 개운치 않았습니다. 그런데 이게 웬일. 며칠 후 그 배너 광고는 사업부에서 매우 중요한 일이었고, 여태까지 영문 카피가 한 번에 통과된 적이 없었는데 이번에는 일사천리로 끝났다며 진심으로 감사하다는 인사를 받았습니다. 임원분들이 제 자리로까지 찾아와서, 다른 부서 일인데도 발벗고 나서주어 고맙다는 인사도 따로 하셨을 정도였죠. 매년 회사 전체에서 선정하는 베스트 사례로도 꼽혔는데, 감사하게도 마지막에 카피 정리만 했던 저까지 구성원으로 포함해 주며 거듭 감사의 뜻을 표했습니다.

다시 한번, 마음을 순수하게 먹는 것이 얼마나 이득인지를 깨달았습니다. 그날, '이렇게 급하게 요청하시는 일은 할 수 없습니다.' 라거나 '죄송하지만 다른 업무가 밀려 있어, 이번 건은 어려울 것 같습니다.'라고 대답했다면 어쩔 뻔했을까요? 꾸역꾸역 그 일을 해낸 내가 참으로 대견하더라고요. 내가 조금만 애쓰면 전체적인 퀄리티를 높일 수 있다는 순수한 마음과 더불어 나에게 찾아온 이상, 전보다는 더 나은 모습을 갖추어야 한다는 원칙을 결정적인 순간에도 지켜낸 대가는 달콤했습니다. 이러한 경험을 바탕으로 저는 앞으로 일을 할 때 순수한 마음을 최전방에 내세울 겁니다.

14년 전 누군가 제게 글을 잘 쓰는 방법에 대해 물었다면, 그런 건 타고나는 것이라 말했을 거예요. 8년 전에 물었다면, 잘 쓸 수 있는 글은 따로 있으니 기회를 잘 잡아야 한다고 말했을지도 모르죠. 그런데 지금의 나는 비로소 이렇게 답합니다. 최고의 글쓰기 기술은 바로, 순수한 마음을 가지는 것이라고.

2부
—

내 마음에서 그 마음으로,
글이 무사히 도착하도록

말꼬리라는 재주

"습니다, 입니다, 합니다에

매력 한 스푼을 더하면"

'내가 이렇게까지 평범한 사람이 되었구나' 싶은 때가 있습니다. 그렇게 열심히 달려와 결국 된 것은, 보통의 옷을 입고, 보통의 말을 하고, 보통의 하루를, 보통의 입맛으로 보내는 보통 사람이라는 걸 비로소 깨닫죠. 입으로도 손가락으로도 이런 보통의 긍정들을 되풀이합니다.

"그렇습니다, 맞습니다. 네. 넹. 넵. 좋습니다. 굿굿. 괜찮습니다…"

일하는 것도, 노는 것도 지루하게 느껴지던 때였어요. 광고 회사에 다닌 지 4년차에 접어들 무렵이었죠. 어느 날, 신선한 바람과 같은 사람을 만나게 됩니다. 저희 팀에 후배 카피라이터가 들어온 것이었습니다.

저는 줄곧 팀의 막내였던 터라, 선배님들의 카피를 받아적고 정리하는 일을 맡아왔습니다. 그런데 제 밑으로 후배가 들어왔으니 드디어 검토하는 역할을 맡게 됐어요. "야호!" 그 자체로 놀라운 경험이었습니다.

정말 놀라운 건 따로 있었습니다. 바로 후배의 말투였어요. 그는 속이 깊고, 진지하고, 점잖은 사람이었습니다. 다 듣고 기다렸다 느지막이 한마디 뱉는 신중한 사람이었죠.

그 깊은 속에도 가끔은 딴 마음, 딴 생각이 비쳤지만 밉지 않았습니다. 그가 가진 대부분의 특징을 흠선했어요. 그 중에 가장 마음에 드는 것이 말투였습니다. 그는 무려 반존대를 쓸 줄 아는 사람이었거든요.

가만히, 정중히, 조용히 듣고 있다 낮은 목소리로 "응."이라고 추임새를 넣을 때, 마음에 파도가 일었습니다. 상대의 말을 잘 듣고 있다는 뜻으로 고개만 절도 있게 찰칵 끄덕여 보일 때도 있었어요. 카메라 셔터를 누르는 것처럼 찰칵. 뭐라 이름 붙이기 힘든 매력이 마구 뿜어져 나왔죠.

온종일 매너 없이 구는 녀석이 그랬다면야 달갑지 않았을 겁니다. 하지만 그는 달랐어요. 그가 말없이 끄덕이는 건, 그가 선보이는 여러 예의 있는 제스처 중에 하나로 보였습니다. 약간의 변주랄까요? 오히려 반존대도, 까딱임도 없이 지나가는 날이면, '오늘은 언제쯤 보여주려나?' 하고 기다리기도 했습니다.

이제는 후배를 넘어 아끼는 여동생이 된 그. 그가 한 줄의 문장이라면, 내용은 정중하지만 말꼬리는 유쾌한 경우에 해당할 겁니다. '~입니다', '~합니다', '~습니다' 일색인 문장 사이에 '요', '죠'로 끝맺는 문장처럼요.

: 문장이 심심하고 지루하다면

내용을 일목요연하게 정리했고, 글의 의도도 삐뚤지 않고, 단어도 적절한 것으로 골랐는데… 그런데도 어딘가가 심심하고 지루하다면? 축축 처지고 따분하다면? 말꼬리를 모조리 '~다'로 통일한 건 아닌지 점검해 보세요.

'하요체'와 '합니다체'는 다른 존대법이에요. 하지만 적절히 섞어 쓰면 글에 신선한 바람을 불어넣을 수 있습니다. '~입니다'를 '~예요' 혹은 '~이죠'로 고쳐쓰는 것만으로도 분위기를 바꿀 수 있어요. 문맥이 충분히 갖춰졌다면,

문장이 아닌 단어로만 구성된 아주 짧은 문장을 남기는 것도 방법입니다. 문장과 문장 사이에 숨 쉴 자리가 들어서며 글 전체에 리듬이 더해져 활기가 생기죠. 예를 들어볼게요.

📝 모든 문장이 '~다'로 끝나는 경우

지나온 시간을 한 편의 영화라 생각해 봅니다. 대박 난 영화도, 굴지의 명작도 아니지만 어찌됐든 저는 이 영화의 주인공입니다. 주인공은 명장면과 명대사를 남기기 마련입니다. 저 역시 30년 넘게 살아오며 제법 다양한 장면과 대사를 남겼습니다. 사랑의 언어를 속삭인 적도 있고, 서슬 퍼런 욕설을 지껄이기도 했습니다.

저의 지난 책 《오래 머금고 뱉는 말》에서 발췌한 내용입니다. 말꼬리가 전부 '다'로 끝나 축축 늘어지죠. 몇 문장을 '요', '죠' 혹은 단어로 끝나도록 바꿔봅시다.

지나온 시간을 한 편의 영화라 생각해 봅니다. 대박 난 영화도, 굴지의 명작도 아니지만 어찌됐든 저는 이 영화의 주인공이죠. 주인공은 명장면과 명대사를 남기기 마련. 저 역시 30년 넘게 살아오며 제법 다양한 장면과 대사를 남겼습니다. 사랑의 언어를 속삭인 적도 있고, 서슬 퍼런 욕설을 지껄이기도 했어요.

글에 리듬이 생깁니다. 아예 단어로 툭 끊어버린 구간인 '마련'에서는 숨이 훅 돕니다. 저를 심쿵하게 만든 후배의 반존대처럼요.

예시를 하나 더 들어볼게요.

📋 **예시 문장**

말꼬리를 잘 갖고 놀아야 합니다. 문장의 마지막 글자를 매번 다르게 고쳐쓰는 것만으로도 글에 활기를 더할 수 있습니다. 때론 문장을 다 마치지 않고, 단어로만 끝맺는 것도 방법입니다. 문장과 문장 사이에 쉼표가 들어서며 글 전체에 활기가 돌게 됩니다. 문장의 길이도 다채로워지는 덕분에, 덤으로 글 전체에 리듬도 생깁니다.

이 장의 내용을 간추려 보았습니다. 일부러 마지막 글자를 전부 '다'로 통일했어요. 역시 같은 글자로만 끝나니 딱딱하고 지루합니다. 이제 말꼬리를 변주해 보겠습니다.

☑️ 말꼬리에 변주를 준 경우

말꼬리를 잘 갖고 놀아야 합니다. 문장의 마지막 글자를 매번 다르게 고쳐쓰는 것만으로도 글에 활기를 더할 수 있죠. 때론 문장을 다 마치지 않고, 단어로만 끝맺는 것도 방법. 문장과 문장 사이에 쉼표가 들어서며 글 전체에 활기가 돌게 돼요. 문장의 길이도 다채로워지는 덕분에 덤으로 얻게 되는 것도 있습니다. 바로, 글의 리듬.

위의 문단보다 아래 고쳐 쓴 문단이 훨씬 리드미컬합니다. 특히 '방법', '리듬'처럼 단어로만 끝맺은 곳에 탄력이 생기죠. 이 부분에서 독자는 글을 읽다가 '오호, 이것 보소?' 하며 살짝 설렐 겁니다. 깍듯이 예의 있게 굴다가 반 존댓말를 쓰는 사람에게 심쿵하는 것처럼요.

　이전 문장에서 끝난 글자로, 다음 문장을 끝맺지 않기. 한두 문단마다 단어 수준의 아주 짧은 문장 배치하기. 애플에 입사해 에디터로 일한 후로 개인적으로 지켜오는 규칙 중에 하나입니다. 직업과 직장이 바뀌어도 계속 실천하고 있어요.

　이 책을 쓰고 있는 현재도 그렇습니다. 문단마다 최소 한 번은 '요', '죠'로 말꼬리를 변주하려고 애쓴 흔적이 보일 거예요. 이 책을 읽으며 지루하다고 느끼지 않았다면, 그건 아마 제가 지키는 이 작은 룰 때문일지도 모르겠습니다.

색다른 글이라는 과제

"글과 나 사이에

 진짜를 따져 묻는 것부터."

글을 어느 정도 수월하게 써나가다 보면, 새로운 숙제가 생길 겁니다. 같은 주제라도 이제는 좀 색다르게 써내고 싶은 욕심이 생기거든요. 어제 내가 쓴 글과도 다르고, 오늘 남이 써놓은 글과도 다르기를 바라죠. 구조를 새롭게 구상하고, 단어도 남다른 것으로 바꾸다 보면 글 쓰는 속도는 되려 느려질 겁니다. 이제 겨우 백지를 글씨로 채워나가는 데 걸리는 시간이 줄었다 싶었는데 말이에요. 저는 본격적으로 대중에게 보여주기 위한 글을 쓰기 시작하고부터 늘 이 숙제에 시달렸던 것 같습니다. 한 공동체의 대표로 글을 쓰는 임무를 맡고, 더 나아가 회사에 그 역할로 입사를 하고부터요. 그저 적절히 써내는 것을 넘어 남다른 무언가를 글에 담으려고 애썼습니다. 다른 카피라이터들이 써놓은 글 중에서도 내 것은 어딘가 남달랐으면 하는 욕심을 냈어요. 꽤 큰 욕망이었죠. 물론 늘 성공했던 건 아닙니다. 오히려 그러지 못한 날이 많았어요. 듣도 보도 못한 새로운 글, 하지만 공감이 가고 매력이 넘치되 누구나 이해할 수 있는 글. 이런 글을 쓰는 건 쉽지 않으니까요. 특히 데이터와 요령이 쌓일수록 어려워집니다. 세상살이는 다 비슷하고 글이 다루는 주제도 결국 거기서 거기라는 걸 깨닫는 순간, 머리를 쥐어뜯게 돼요.

각양각색이라고 여겼던 브랜드들도 곰곰이 따져보면 결국 비슷한 이야기를 하고 있다는 걸 알게 됩니다. '잇몸에 좋은 치약' 광고를 예를 들어보죠. 제목만 들어도 어떻게 써야 할지 그려집니다. 그게 골치가 아프죠. 큰 얼개는 이럴 겁니다. 잇몸이 아픈 사람들이 흔히 겪는 불편에 대해 말하고, 그걸 이 제품이 어떻게 해결해 줄 수 있는지를 설명하는 거죠. 글의 서두에는 가장 공감 가는 예시를 놓는 것이 핵심일 것입니다. 언제 잇몸이 가장 아픈지, 잇몸이 아파서 가장 불편한 점은 무엇인지, 혹은 잇몸 치약을 고를 때 가장 헷갈렸던 점은 무엇인지를 짚어내면 될 터입니다. 글의 중간 마디는 아마 그 치약이 어떤 성분을 가지고 있는지, 어떤 작용을 해서 잇몸에 좋은지를 의학적으로 설명해 주는 데 할애하면 테고요. 글을 마무리할 때는 매력적인 장치 하나를 심어두는 게 관건일 겁니다. 제품명이 자꾸만 입에 맴돌도록 말장난을 친다든가, 웃음이 절로 나는 짧은 문구를 남긴다든가. 이렇게 이미 모두가 그렇게 쓰고 있고, 나도 여러 번 써먹은 적이 있는 고리타분한 '틀'이 파바밧 떠오릅니다. 낭패입니다. 새로운 것을 써보자는 목표보다도 먼저 작동해 버려요. 인공지능처럼요. 내가 여태 써왔던 그리고 온 세상이 지금 이 순간에도 그렇게 써오고 있는 데이터를 바탕으로 손가락이 자동으로 주르르 써버리니까요. 그래서 저는 책상에 앉자마자 바로 글을 쓰지 않습니다. 손가락이 아무렇게나 써버리지 못하게 주먹을 꽉 쥐고, 저의 투지가 발동될 때까지 기다려요. '올라와라, 나의 글 욕심! 손가락은 잡아뒀으니 어서, 솟구쳐, 어서' 주어지는 글 과제들 앞에 저는 안간힘을 다해 색다르게 써보려고 애씁니다. 이메일, 문자, 카톡, 프레젠테이션 장표, 보고서, 편지, 아이데이션, 카피라이팅, 네이밍… 그게 무엇이든 최선을 다해서 다르게 쓰려고 해요. 결국에는 내 글이 아니라 뻔한 글이 선택된다고 해도 말이죠. 이번 한 번만 신속하게 틀에 박힌 글을 쓰면 효율이야 높아지겠죠. 하지만 장기적으로 남다른, 살아있는, 대체 불가능한 글을 쓰는 법을 연마하려면 시간과 노력을 조금은 투자해야 합니다. 알아요. 남다른 글을 쓰려면 '시간과 노력을 들이세요'라고 조언하는 게 얼마나 무책임한지를요.

: 글의 진짜 이유 찾기

그래서 조금 실용적인 팁을 드리고자 합니다. 아무리 시간을 들여도 뾰족한 수가 없을 때, 저는 예전의 글을 찾아보며 스스로를 독려합니다. 20대 초반에는 모든 글이 비교적 '처음 써보는' 것에 가까웠습니다. 덕분에 '틀'이 제 진짜 마음보다 먼저 떠오르는 불상사는 일어나지 않았죠. 모든 것이 처음이자 모든 것이 진심이었던 그 시절의 글. 10년이 훨씬 지난 지금도 그때의 글을 열어 보면 물고기들이 파닥파닥 뛰어오르는 바다 같습니다. 10여 년이 지났는데도, 쓴 이후로 뚜껑을 줄곧 닫아놓았는데도 말이죠. 그 글들을 한 줄 씩 읽고 있노라면 생명력 넘치는 바닷물이 밀려와 발끝에 닿는 기분입니다. 그 자체로 영감이 되죠. 그도 그럴 것이, 어린 시절에는 데이터가 없다 보니 최대한 진실에 기댔습니다. 글을 나아가게 하는 유일한 근거가 바로 그것이었으니까요.

글의 진짜 이유, 글의 진짜 목적, 글의 진짜 대상을 찾으려고 애썼습니다. 지금처럼 틀을 떠올린다거나, 눈치를 본다거나, 정치적인 셈도 하지 않았어요. 여기서 정치란, 주어진 상황에서 구성원들이 가장 반기는 글이 무엇일지 헤아려보고 그에 맞게 써내는 것. 좋은 글의 방향은 따로 있지만 상황이 상황이니만큼 선택될 가능성이 높은 글을 쓰는 것. 사장님이 '지속 가능성'이라는 말에 혹하는 경향이 있으니 굳이 그런 말이 필요 없는 맥락이지만 억지로 써놓는 것. 뭐 그런 요령들을 뜻합니다(다른 이야기입니다만, 이런 예시들을 거침없이 써나가는 스스로를 보며 마음이 불편해졌습니다. 요령이 생긴다는 건 가슴 벅차오르는 일만은 아닌 것 같아요). 오로지 써야 할 글과 쓰고 있는 나 사이에 놓인 진실만을 파고들었어요. '이 글로 내가 뭘 하려는 거지?', '이 글의 진짜 주인공은 누구지?' '이 글을 보고 가장 좋아해야 하는 사람은 누구지?' 거기서 시작하는 것만으로도 남다른 마음가짐이 생겼습니다. 자세가 남다르니 펼쳐지는 글도 색달랐죠.

그중 제 마음을 가장 두근거리게 했던 어린 시절의 글 하나를 소개합니다. 언제나 반갑게 밀려와 저를 깨워주는 청량한 파도 같은 글이에요. 바로 연세대학교 총학생회 홍보국장 시절에 썼던 포스터 카피입니다. 2009년 고故 노무현 대통령의 추모 콘서트를 기획하던 때였습니다. 솔직히 고백하건대 당시의 저는 사회 정치적으로 얼마나 큰일이 일어났는지, 대통령의 서거가 정확히 어떤 의미를 가지는지 깊이 알지 못했습니다. 그저 일어나지 않아야 할 일이 발생했고, 마땅히 시민과 학생들이 모여 뜻을 모은다고 생각했죠. 리더에 대한 예의, 어른에 대한 추모, 공통된 상실에 대한 애도. 그것만으로도 콘서트를 열어야 하는 이유는 충분하다고 생각했습니다. 더불어 이왕 만드는 포스터이니, 욕심을 보태어 조금 남다른 카피를 써야겠다고 각오했고요.. 보통 추모 콘서트를 홍보한다고 하면 그 목적은 더 널리 알려서 더 많이 결집하게 하는 데 있겠습니다. 당시에도 그랬습니다. 하지만 저는 이 콘서트에 진짜로 와야 할 사람이 누구인지부터 생각해 보았습니다. 그저 많이 오기만 하면 되는 것인지, 꼭 와야 할 누군가 따로 있는 건 아닌지부터 스스로 따져 물었죠. '이 콘서트를 하는 진짜 이유가 뭐지?', '누가 진짜 주인공일까?', '다 못 와도 꼭 한 사람이 와야 한다면 그게 누굴까?' 질문의 답은 하나였습니다. 바로 고 노무현 대통령이었죠. 분명한 답을 집어들고, 저는 이렇게 카피를 썼습니다.

학생, 시민, 대중음악인들이
추모의 마음으로 모일 것입니다.
그리운 바보,
당신도 꼭 오십시오.
바람이 불면
오신 줄로 알겠습니다.

14년이 지난 지금, 이 카피를 다시 꺼내보니 새로 보이는 것이 많습니다. '꼭 오세요'라고 당부한 상대가 사실은 부재하는 사람이었다는 것. 글쓴이도 읽는 이도 그걸 알고 있다는 것. 굳이 그 슬픈 약속을 함으로써 모두에게 이 콘서트가 가진 의미를 전달했다는 것. '바람이 불면' 오신 줄로 알겠다는 미련을 덧붙이며, 사람들로 하여금 콘서트에 참여해 더 큰 바람을 만드는 데 일조하겠노라 마음먹게 한

것. 그러므로 누군가의 부재는 그 어떤 존재보다 큰 의미를 가진다고 말한 것. 이로써 카피는 해야 할 일을 모두 마쳤다고 생각합니다.

남다른, 색다른 글을 쓰고 싶다면 두 가지를 거절해야 합니다. '저번에 했던 것처럼 딱 그렇게 써야지'라는 너무 낮은 목표, '다들 그렇게 하니까'라는 너무 뻔한 핑계. 두 마음을 애써 외면하고 글이 가져야 할 차이점에 주목하세요.

모든 사람은, 모든 이야기는, 모든 순간은 매번 반드시 다릅니다. 다르게 보려는 의욕이 꺾여있을 뿐이에요. 자세히 뜯어보면 분명 차이가 있어요. 진짜 의도가 무엇인지, 진짜 의미가 무엇인지, 진짜 하려는 말이 무엇인지에 집중하며 내 글이 가질 차이점을 찾아보세요. 아무리 사소한 점이라도 거기에서 생각을 출발하면 더 나은 글에 도착할 수 있을 겁니다.

* 제가 오래 믿고 의지해 온 감각을 지닌 디자이너, 친구 박지성이 당시 포스터 디자인을 맡았습니다.

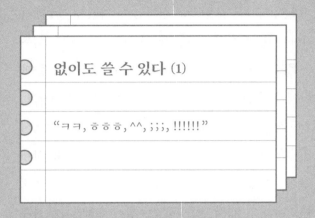

없이도 쓸 수 있다 (1)

"ㅋㅋ, ㅎㅎㅎ, ^^, ;;;, !!!!!!"

인정합니다. ^^와 ㅋㅋㅋ 없이 살 수 없죠. 너무 웃길 때 혹은 딱히 할 말이 없을 때 쓰기에 딱 유용하고 적절하니까요. 그런데 너무 남발하면 실없는 사람이 되어버려요. 정신없이 'ㅎㅎㅎ', 'ㅋㅋㅋ'를 누르다 대화창 전체를 쓱 훑어보면, 핵심 단어는 몇 없고 그저 흐흐대고 크크거린 흔적뿐이죠.

반면 할 말만 딱 깔끔하게 하던 사람이, 어쩌다 한 번 웃음 표시를 쓰면 마음이 그만 사르르 풀어지고 맙니다. '이 사람 이렇게 귀여운 구석이 있었네' 하고 말이에요. 어떤 단어, 어떤 문장으로도 감히 구현해낼 수 없는 매력 한 방울. 그걸 해내는 게 바로 웃음 표시입니다. 적재적소에 딱 한 번 쓰인 ^^의 힘이죠.

쓸 때 제대로 쓰기 위해서는 평소에 남발하면 안 됩니

다. 아껴뒀다 쓰는 ㅋㅋㅋ나 ^^는 세련된 제스처가 되기도 하거든요. 제가 받아본 ^^ 중에 가장 우아한 것을 소개할 게요.

학부 때의 일입니다. 2006년, 연세대학교 인문학부 신입 생들은 전공이 없는 채로 입학을 했습니다. 1학년 때의 교 양 수업과 전공 탐색 수업 성적을 바탕으로 2학년 때부터 세부 전공을 선택하는 방식이었죠. 인기가 많은 학과로 학 생이 몰리면 경쟁을 해야 하니, 더러 3학기 후에야 전공을 얻는 학생도 생겼습니다. 바로 저 같은 경우죠. 저는 3학기 끝에 영문학과로 가게 되었습니다. 사실 영문학에 큰 흥미 가 있었던 건 아니었어요. 그저 가진 성적을 최대한 활용 해 얻은 최선의 결과였죠.

이쯤 되면 짐작이 가듯, 저는 1학년 때부터 수업에 열심 히 참여하지 않았습니다. 특히 '러시아 문학 입문 시간'에 는 친구들과 떠들다 교수님께 쫓겨나기도 했어요. 교양이 넘쳐흐르는 대학 캠퍼스에서 그런 일이 있을 수 있다니. 그게 가능하더라고요.

교수님은 저를 콕 집으며 말씀하셨습니다.

"학생, 그리고 옆에 두 사람까지. 당장 나가세요. 안 나가면 저는 더 이상 강의 안 합니다."

교수님이 마이크를 내려놓자 모두 웅성대기 시작했습니다. 따가운 눈초리가 저를 감쌌죠. 대학생이 되자마자 도로 초등학생이 된 듯한 기분. 창피함이 몰려왔습니다. 버텨볼 겨를도 없이 저는 강의실 밖으로 도망쳐 나왔어요. 제가 얼마나 문학에 큰 뜻 없이 영문학도가 되었는지 알 수 있는 대목이죠?

영문학과로 진학한 후에도 강의는 그저 마지못해 들었습니다. 졸업은 해야 되니까요. '너무 어렵고, 너무 지루하다'는 생각뿐이었죠. 일찌감치 카피라이터가 되고 싶었던 저는 오직 부전공인 신문방송학을 들을 때만 신바람이 났습니다. 그러던 중 유일하게 마음에 들었던 영문학 수업이 있었으니, 바로 17세기 영국 시였죠.

일단 시니까 짧아서 좋았습니다. 가뜩이나 읽어야 할 원

서와 해설서가 넘쳐났으니까요. 그나마 길이라도 짧으니 살 것 같았습니다. 강의 틈틈이 교수님께서 들려주시는 낭만적인 시 이야기도 재밌었고요.

과제도 마음에 들었습니다. '17세기 영국 시가 추구하던 운율에 맞춰 시 창작하기'. 중세 문학을 재현하는 과제이니, 내용만큼은 가장 요즘 것을 담고 싶었습니다. 고전적인 틀에 현대적인 것을 담아내는 대조 자체가 크리에이티브가 될 거라 생각했죠. 장차 카피라이터가 될 사람으로서 응당 발휘해야 할 기지라고 자부했던 것 같습니다.

핸드폰의 입장이 되어 시를 썼습니다. 지금 와서 꺼내보니 참신한 생각이 돋보이기는 하지만, 겨우 제출해낸 과제 그 이상도 그 이하도 아니더군요. 다만 한 구절이 눈에 띕니다.

I wilt vibrate when thy messages arrive.

(너의 메시지가 도착할 때마다 부르르 떨리는 나)

여기서 '부르르 떨리는'이란, 핸드폰의 진동 알림인 동시에 성적인 흥분을 빗댄 표현이었습니다. 저의 치기 어린 작품 세계의 하이라이트였죠. 이걸 교수님이 알아들을까 싶으면서도, '나는 꼭 이렇게 표현하고 싶다. 이것이 영국 시 과제를 대하는 내 크리에이티브의 정수다! 나는 남다르니까!'라는 어린 생각뿐이었습니다. 철이 든 지금은 생각이 좀 달라요. '그래, 좋다 이거야. 근데 굳이 과제에다가?'라는 점잖은 코멘트가 튀어나옵니다.

과제를 제출하고 몇 주 뒤, 교수님의 리뷰가 담긴 과제물을 돌려받는 날이 왔습니다. 앞뒤 문단에는 빽빽하게 코멘트를 남겨주셨더라고요. 제가 심혈을 기울인 하이라이트 부분에는 딱 한 글자가 적혀있었습니다.

^^

머리를 맞은 듯 멍해졌습니다. 무엇을 뜻하는지 알았기 때문입니다. 너의 의도를 충분히 알아들었다는 뜻. 이렇게 적절한 수준에서 칭찬하고 넘어가겠다는 뜻. 눈웃음 표시

하나로 교수님과 농축된 대화를 하는 기분이었습니다. 이쯤 되면 ^^는 하나의 문학 장치 아닐까요? 배운 어른의 우아한 제스처 앞에 저는 그저 감탄할 뿐이었습니다.

'나는 이렇게 어리고 당돌하답니다'라고 마구 표현하는 나이로부터 한 해 두 해 멀어지고 있어요. 오히려 젊은 사람들의 행동 앞에 어떻게든 반응을 꺼내놓아야 하는 나이에 더 가까워졌습니다. 제게 그러하셨던 교수님처럼요.

그날의 눈웃음 표시를 손가락 어디쯤에 늘 붙여놓고 삽니다. 누군가 당차고 어린 말들을 우르르 쏟아내면, 이제 저는 이해하고 가늠하고 적절히 받아줘야 합니다. 그때 필요한 것이 바로 어른의 우아함이죠.

우아함이란 도도하게 턱을 쳐들고 선을 긋는 것과는 거리가 멉니다. 상대방을 충분히 이해하고, 그 의도는 끌어안되, 끝내 내가 닿지 못할 부분이 있을 가능성을 인정하는 것. 그가 보인 젊은 에너지를 라떼도 해봐서 다 안다고 퉁 치지 않는 것. 오롯이 너의 것으로 인정해 주며 충분히 누리라고 박수를 보내는 것. 마지막으로 그것을 눈웃음 기호 하나로 축약해내는 것에 가깝죠.

제가 그 단계에 도착했다고는 말할 수 없습니다. 하지만 우아함이라는 목적지에 닿기 위해, 지금부터 하지 말아야 하는 건 분명하죠. 평소에 ^^이나 ㅋㅋㅋ를 남발하지 않는 겁니다.

거기엔 비단 ^^와 ㅋㅋㅋ 두 가지를 줄이는 것 이상의 의미가 있어요. 상대방에게 글자를 마구 밀어내며 대충 반응하는 습관을 멈추자는 겁니다. 그저 마구 웃어주며 순간을 모면해서는 멋진 어른이 될 수 없기 때문입니다.

정갈한 개수의 글자로도 충분히 대화를 이어갈 수 있습니다. 웃음으로 때우던 자리를 채울 단어를 골라보세요. 의미가 있는 단어로 고르는 연습을 해보세요. 언젠가 요긴하게 써먹을 ^^가 더 우아한 빛을 내도록 말이죠.

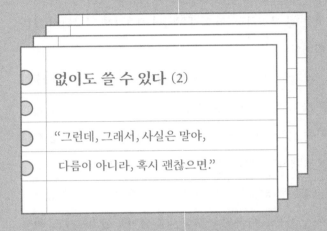

없이도 쓸 수 있다 (2)

"그런데, 그래서, 사실은 말야,

다름이 아니라, 혹시 괜찮으면"

한국인은 어떤 말이든 '아니', '근데'로 시작한다는 이야기가 있습니다. 몇 가지 시뮬레이션을 해보았더니, 슬프게도 사실이더군요.

"아니 왜 이렇게 추워?", "근데 오늘 뭐 먹지?", "아니 오늘 왜 이렇게 피곤해?", "근데 그거 어디서 샀어? 좋아 보인다?"

불쑥 이야기를 꺼내는 게 어색하기 때문이겠죠. 우리 마음 깊은 데 뿌리박힌 '눈치' 때문인지도 모릅니다. 제 경우엔 그래요. 요즘 들어 부쩍 더 그렇습니다. 지금 이런 말을 해도 되나, 혹시 극단적인 성향을 가진 사람처럼 보이진 않을까, 행여 누군가를 불편하게 하진 않을까 싶어서 말이죠.

'아니 근데'라는 말을 앞에 붙이면 덜 불안합니다. '흐름에 안 맞는 말일 수도 있다. 그래서 나도 깜빡이를 켜고 들어가는 거다. 혹시 거슬리는 부분이 있더라도 이해해 주라'라는 밑밥을 깔았으니 미리 양해를 얻은 것 같달까요?

: 문장의 군더더기를 없애는 법

말은 어쩔 수 없다 해도, 글은 좀 고칠 수 있겠다는 생각이 듭니다. 편지를 쓸 때, 메일을 쓸 때, 메시지를 보낼 때. 우리는 이미 그 행위를 하고 있음에도 당위성을 부여하고자 합니다. 내가 왜 너에게 글을 쓰는 건지 한참을 밝힌 뒤에 본론으로 넘어가죠. 그러다 보니 말이 줄줄 늘어집니다.

자신감을 가져도 됩니다. 나에게 마땅히 이유가 있어서 글을 쓰는 걸 테니까요. 내 글에 대한 믿음을 갖고 툭 시작해 버립시다. 앞뒤에 붙은 군더더기는 잘라내고 단도직입적으로 할 말만 남기는 겁니다.

제게도 쉬운 일은 아닙니다. 그래도 과감하게 앞을 잘라내고 문장을 시작하려고 노력해요. '그러니까, 다시 말해, 다름이 아니오라, 사실은…' 이런 밑밥 같은 단어는 일부러 잘라냅니다. 도무지 문장이 완성되지 않을 것 같아 두렵지만, 눈 딱 감고 지워버리는 순간 알 수 있어요. 별일 생기지 않았다는 것, 오히려 문장에 생기가 돈다는 것을 말이죠.

📋 **예시 문장**

안녕하세요. 잘 지내셨죠? 다름이 아니오라 보내주신 제안서 잘 받았다는 말씀을 드리려고 이렇게 메일을 씁니다.

흔히들 쓰는 메일입니다. 정중하려다 보니 긴 서론을 펼치게 돼요. 더 간결하게 고칠 수 있습니다.

☑️ **다듬은 문장**

안녕하세요. 잘 지내셨죠? 보내주신 제안서 잘 받았습니다.

군더더기에 해당하는 말들은 대부분 지극히 당연한 내용을 담고 있습니다. 서로 제안서를 주고받는 사이인 것도, 제안서를 보내 주셨으니 응당 그에 대한 답을 해드리는 중이라는 것도, 본인은 그 역할을 담당한 사람이라는 것도, 메일을 받았으니 메일로 회신하는 중이라는 것도요.

이미 서로 아는 사실인데도, 툭툭 잘라 말하면 어색하진 않을까 싶어 굳이 설명하고 있어요. 생략해도 됩니다. 앞뒤에 놓인 당연한 말들을 쳐내면 문장은 더 간결해져요. 글 사이사이로 엿보이는 글쓴이의 이미지도 단단하고 산뜻해지고요.

사무 관계뿐만 아니라 친구 사이에서도 그렇습니다.

📋 **예시 문장**

수진아 오랜만이다 잘 지냈지? 보고 싶어 ㅠㅠㅠㅠㅠ 혹시 미안한데 미혜 바뀐 폰 번호 알려줄 수 있어? 나 청첩장 보내려고 하는데 옛날 번호밖에 없어서 힝 알려줄 수 있으면 꼭 알려주라. 바쁠 텐데 미안!

흔히들 주고받는 카톡입니다. 분명 나아질 수 있어요.

✅ **다듬은 문장**

수진아 잘 지내? 부탁할 게 있어서 오랜만에 연락했어. 미혜 바뀐 폰 번호 알려줄 수 있어? 청첩장을 보내려는데, 옛

보고 싶다고 눈물을 줄줄 흘려보아도. 힝힝 대며 사족을 달아보아도. 안부 인사 한 번 없다가 급히 연락처를 구하기 위해 메시지를 보냈다는 사실에선 벗어날 순 없습니다. 아무리 글자로 덮어도, 사정엔 변함이 없죠.

이런 상황에서 충분히 도움을 받을 만큼 잘 살아왔다는 걸 믿으세요. 살갑게 안부를 물으며 살진 못했어도 만나면 할 도리는 다 하는 사람으로 살아 왔잖아요? 그걸 불안해 하니, 글이 주렁주렁 눈치를 달고 속절없이 길어집니다.

우리는 글을 시작하고 끝맺을 자격이 있는 사람들입니다. 내 손으로 써나가는 글자의 주인은 우리니까요. 문장과 문장, 문단과 문단 사이의 어색함을 애서 지우고자 습관처럼 깔아오던 글자들을 과감히 지워봅시다. 생각만큼 큰일이 나지 않아요. 오히려 문장에 간결하고 단호한 호흡이 생겨, 글이 숨쉬기 시작할 겁니다. 오늘부터 시작해 보세요.

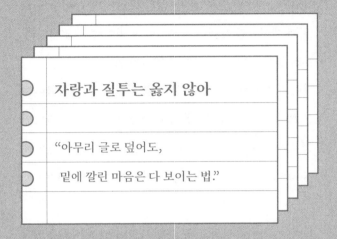

자랑과 질투는 옳지 않아

"아무리 글로 덮어도,
 밑에 깔린 마음은 다 보이는 법."

에디터 시절 가장 빡센 업무는 동료들에게 첨삭받는 일이었어요. 각자 완성한 글을 대형 모니터에 띄워놓고 다함께 들여다봤습니다. 틀린 것, 과한 것, 빠뜨린 것, 더 나아질 수 있는 것을 꼽아보며 문장을 일일이 다듬었죠.

내 글을 다듬을 땐 몹시 부끄럽습니다. 모쪼록 순서가 빨리 끝나기를 바라죠. 내 글 토막을 두고 논의가 길어질 때는 마음이 불편해집니다. 벌겋게 달아오른 얼굴을 숨기려고 애쓰죠. 내 글이 화면에 띄워지면 등이 굽고, 남의 글이 등장하면 등이 확 펴집니다.

누군가 써놓은 첫 문장이 뜨거운 감자였던 날의 일입니다. 유난히 진도가 안 나가고 논의가 길어졌죠. 이 문장이 굳이 필요한가를 두고 설왕설래했습니다. 보통 첫 문장은 독자와의 아이스 브레이킹을 할 겸, 눈길도 끌 겸 딴 소리로 시작하기도 합니다. 주제와 연관은 있지만 엄밀히 말하면 본론과는 다른 이야기로 말문을 떼는 경우가 많죠. 주로 요즘 유행하는 단어나 대상을 언급합니다. 그렇게라도 독자의 눈길을 잡아끌어 본론으로 데려갈 속셈인 겁니다.

당시 논란이었던 문장도 그랬습니다. '매일 새로워진다'라는 '일신우일신日新又日新'이라는 말 뜻을 스스로 묻고 답하는 문장이었죠. 본론에서 소개할 데일리 스케줄 앱에 대한 내용과 언뜻 연결되는 것 같았습니다.

다만 '일신우일신'이라는 말이 꼭 서두에 필요하냐는 의견이 있었습니다. 최고로 정제된 글을 완성하기 위해서는 '있어도 좋네', '있으니까 좋네', '말 되네' 정도의 리뷰를 받아서는 어림도 없죠. 거기 그 문장이 있어야 하는 명확한 이유가 필요했습니다. '일신우일신이라는 말을 우리가 굳이 일러줘야 하는가? 그게 우리의 역할인가?'라는 논의로까지 이어졌습니다.

그 말을 알고 있는 사람도, 전혀 몰랐던 사람에게도 군더더기가 될 거라는 결론이 났습니다. 삭제하기로 하고, 다음으로 넘어가려는데 누군가 사이다 발언을 남겼습니다.

"저 말을 안다고 자랑하는 것처럼 보이기도 하고요."

모두 비슷한 생각은 하고 있었으나 면전에 대고는 차마 못했던 말이었죠. 제 글은 아니었지만, 저는 이 코멘트를 오래 품고 살았습니다. 굴뚝 청소를 마치고, 먼지를 뒤집어쓴 동료를 거울처럼 바라본 소년의 심정이었을까요. 제 글을 점검할 때, 아는 척, 있는 척, 잘난 척을 하려던 건 아니었는지 살핍니다.

설명충이니, 라떼니, 꼰대니. 상세히 알려주는 사람에게 붙는 별명이 곱지 못한 시대니까요. 내 글이 어디 가서 그런 노릇을 한다면 부끄럽겠죠. 조심해야 합니다. 아이스브레이킹을 한다는 미명 아래, 더 크리에이티브하게 글을 열겠다는 포부 아래 흔히들 하는 실수거든요.

' ~라는 말이 있습니다', '~ 라는 것이 유행입니다', '요즘 ~가 떠들썩합니다'라고 써버렸다면, 글을 멈추고 가만히 마음을 들여다봅시다. 지식을 뽐내고 싶은 건 아닌지, 아는 척하려는 건 아닌지를요.

제가 스스로에게 놓는 일침은 이겁니다. '이미 다들 알고 있다. 행여나 몰랐다 하더라도 나를 통해 배우길 원치 않는다. 묻지도 않았는데 가르쳐주는 건 실례다' 스스로에게 말하며, 잘난 척하려던 문장에 꿀밤을 콩 찍어 누릅니다.

기가 막히게 있어 보이는 주제가 있는데, 이걸로 몇 줄이라도 쓰면 엄청난 지식인으로 거듭날 것 같을 때. 저처럼 스스로 꿀밤을 한 대 먹이고, 글을 접는 게 낫습니다. 이미 목적부터 틀렸기 때문입니다.

지식을 뽐내려고 글을 쓰면, 첫 문장에 핵심 단어를 늘어놓는 순간 갈증이 해소될 겁니다. 하지만 길을 잃죠. 더 이상 나아갈 길이 없는 글이 되어버리니까요. 아무리 단어들을 당겨쓰며 한 문단, 두 문단 채워 간다고 해도 표시가 납니다. 아무리 글로 덮어도, 그 밑에 깔린 마음은 다 보이니까요.

뽐내고 싶은 마음이야 탓할 수 있겠습니까. 다 그러고 사는 걸요, 암요. 하지만 누구도 잘난 척하는 사람을 반기지 않는다는 걸 명심해야 합니다. 뽐내는 마음이 지나친 글은 미움을 받게 되어 있어요. 미움의 화살은 글을 넘어 글쓴이에게 날아오기 마련이죠.

: 글로 비꼬지 마세요

또 하나 주의해야 할 글이 있습니다. 바로 누군가를 비꼬기 위해 일부러 내뱉는 글입니다. 저격글이라고도 하죠. 나는 너에게 반대한다고 굳이 찾아가 일러주는 심보. 네가 대단하고 언급한 그것이 알고 보면 되게 별로라고 토를 다는 심보. 그런 못된 심보가 뚝뚝 묻은 글들을 살면서 한 번씩은 주고받아 봤을 겁니다.

그런 심보가 쌓이고 쌓여 내 인생에 길을 내고 있다면 무서운 일이죠. 누군가를 비꼬기 위해 내뱉는 글은 비수가 되어 날아갑니다. 상대의 마음에 꽂혀 상처를 내죠. 남에게 상처를 내는 건 죄입니다. 죄는 벌을 받게 되어 있어요.

지식을 뽐내는 글은 길을 잃게 만든다면, 비꼬는 글은 인생에 나쁜 길을 터놓습니다.

내가 무슨 말만하면 안 좋은 점부터 꼬집어주는 선배가 있었습니다. 처음에는 내가 생각지 못한 부분까지 짚어 조언해 주는 현명한 사람이라고 여겼죠. 그런데 부정적인 말이 하나둘 쌓이다 보니 제 속도 점점 검게 물들기 시작했습니다. 대화는 늘 이런 식이었죠.

"○○을 시작하기로 했어요."
"그래? 나는 ○○이 너무 비싸서 별로야. 어때? 넌 좋아?"

"××라는 곳에 가보기로 했어요."
"그래? ××엄청 멀잖아. 너무 힘들겠다. 에구"

"△△ 일을 시작하게 되었어요."
"△△는 나 아는 애도 하는데 엄청 힘들대. 고생하겠네~"

점점 패턴이 보였습니다. 내가 하는 거의 모든 말에 비슷하게 반응한다는 걸 발견했죠. 나중에는 여럿이든 단둘이든, 그가 있는 곳에서는 말을 주저하게 됐습니다. 그의 말 굴레에서 완전히 벗어나고 싶었기 때문이에요. 아예 그를 관계망에서 덜어 내고 나서야 부정적인 말 뭉텅이에서 벗어날 수 있었어요. 사람 하나를 잃은 대신 지켜낸 것이 더 많다고 확신합니다.

대신 스스로를 점검했습니다. 메시지나 메일을 꺼내어 나 또한 누군가에게 그런 심술을 부리고 있는 건 아닌지 체크했죠. 그런 고얀 사람은 절대로 되지 말겠다는 각오로 지독하게 확인했습니다.

누군가를 비꼬아 보겠다는 마음으로 글을 쓰면 안 됩니다. 차라리 바람 부는 데로 나가 심호흡을 하는 게 낫습니다. 글이 아닌 호흡을 쏟아내야 해요, 그땐. 내 마음이 한결 선해질 때까지 기다립시다. 오직 깨끗한 마음이 쾌적한 문장을 만드니까요. 쾌적한 문장은 사람을 부르고, 괴팍한 글은 사람을 쫓아낸답니다.

제목, 의리 있는

"공들인 한 줄의 제목,
열 줄의 문장이 부럽지 않죠."

역시 에디터로 일했을 때의 일입니다. 저는 기사의 제목 뽑는 일을 꽤 잘 했습니다. 그중에서도 제 어깨를 으쓱하게 했던 제목이 두 가지 있습니다.

첫 번째는 미니언즈 게임을 소개하는 기사에 단 제목입니다. 미니언즈 캐릭터를 조종해 장애물을 뛰어넘으며 더 멀리 더 오래 달리며 기록을 깨는 게임. 설명할 거리가 많지 않은 쉬운 게임이다 보니, 제목이라도 유쾌하게 달아주고 싶었습니다. 유명 캐릭터가 받쳐주고 있으니 그걸 활용하는 게 방법이었고요.

미니언즈하면 떠오르는 것은 바로 '바나나~ 바나나나나~'라고 들리는 외계어 노래죠. 미니언즈 캐릭터만 봐도 자동으로 그 멜로디가 떠오릅니다. 그래서 저는 이렇게 제목을 붙였습니다.

바나나~ 달려봤나나~.

플랫폼에 게시하기 전, 동료들에게 리뷰를 받기 위해 이 기사를 화면에 띄었을 때부터 호응이 대단했습니다. 누가 먼저랄 것도 없이 멜로디를 붙여 이 제목을 읽었죠, 아니 노래 불렀죠. 어찌나 뿌듯하던지요.

독자들에게도 반응이 꽤 좋았던 것으로 기억합니다. 단순 게임 기사는 조회수가 한정적인 반면 이 게임 기사는 조회수가 꽤 높았습니다. 저는 굳건하게 믿었습니다. 내가 글에게 붙여준 귀여운 제목의 공이 크다고요.

다음으로 아끼는 제목은 바로 이겁니다.

커플 셀카는 언제나 옳아요.

이 제목은 '바나나 달려봤나나'처럼 감각적인 제목은 아닙니다. 고려할 요소가 많았기 때문이에요. 해당 기사는 미국 본사에서 이미 만들어진 것을 번역한 기사였습니다. 한국 독자들의 마음에 가닿도록 로컬라이제이션

localization(단순 번역을 넘어, 해당 언어, 사회, 문화적 맥락을 고려해 맞게 다듬는 작업. 즉, 초월 번역)이 필요하던 상황이었죠.

커플 셀카를 찍기 좋은 카메라 앱과 그 사진을 예쁘게 꾸밀 수 있는 편집 앱을 함께 소개하는 기사였습니다. 다만 예시로 쓰인 사진 속 커플은 모두 동성 커플이었어요. 커플 셀카 촬영법과 편집법에 대해 이야기하되, 사진 속에는 동성 커플들만 나오도록 기획한 것. 캬, 멋지지 않나요? 애플이 얼마나 세련된 커뮤니케이션을 구사하는지와 더불어 동성 커플의 권리 증진에 얼마나 힘쓰는지를 보여주는 기사였습니다.

저도 똑같이 해내고 싶었습니다. 기사의 훌륭한 기획 의도를 한국어 제목으로도 잘 살려내고 싶었어요. 한 번 쓱 볼 때는 심플하고 세련되게, 다시 읽을 땐 울림이 느껴지도록요.

당시 한국에서는 '~ 는 옳다'는 관용 표현을 많이 썼습니다. '~는 마땅히 추천할 만하다', '~는 바람직한 행위이다',

'~는 우리를 행복하게 한다'라는 뜻으로요. '새벽에 먹는 라면은 항상 옳다', '삼겹살에 소주는 옳다'로 쓰이곤 했습니다. 그 관용 표현을 끌어다 제목을 달았습니다.

커플 셀카는 언제나 옳아요.

처음 읽을 때, '연인 사이에 찍는 커플 셀카는 언제 찍어도, 언제 보아도 사랑스럽다. 그래서 옳다'는 뜻으로 보입니다. 거기 실린 커플들의 사진을 모두 감상한 뒤에 다시 제목을 보면, '언제나'에 방점이 찍힙니다. '동성 커플이든 이성 커플이든, 모든 사랑은 옳다'라는 뜻이니까요.

이 제목 역시 큰 호응을 얻었습니다. 동료들은 정확히 제 의도를 짚으며 호평했습니다. '언제나 옳다'라는 요즘 표현을 활용해 커플 셀카 촬영법을 넘어 동성 커플의 사랑을 지지한다는 뜻까지 담아낸 좋은 제목이라고요.

제목은 문장에서 중요한 역할을 합니다. 게다가 아주

의리 있는 녀석이죠. 공을 들인 만큼 확실한 효과가 있습니다. 메일을 쓰거나 문서를 작성해야 할 때 제목에 정성을 들여보세요. 분명 좋은 결과를 가져다줄 겁니다. 잘 쓴 제목 한 줄이 때로는 열 문장 이상의 역할을 해내거든요.

: 눈길을 사로잡는 제목을 짓는 법

제목을 짓는 데 참고하면 좋을 팁이 있습니다. 내가 쓴 글을 광고라고 생각해 보는 겁니다. 이 광고 맨 마지막 장면에 나올 한마디가 무엇이 될지 상상해 보세요. 앞선 내용들을 간결하게 총망라하면서도 여운이 남는 마지막 카피. 그걸 가져다 제목으로 쓰면 딱입니다.

이 책에는 에필로그와 프롤로그를 포함해 덧붙이는 말까지, 총 스물한 개의 챕터가 있습니다. 각 챕터에는 소제목이 붙어있어요. 이 제목들 또한 제 나름 고심하여 완성한 것들입니다. 천천히 읽어보시면, 제목을 달 때 제가 염두에 두는 게 뭔지 감이 잡힐 겁니다.

✅ 짧게 : 제목을 읽다 질리지 않도록

사람 이름이 세 글자, 길게는 네다섯 글자를 넘지 않는 데는 이유가 있습니다. 심지어 가까운 사이에서는 성을 떼고 두 글자만 부르죠. 더 친밀한 사이에는 모든 감정을 한 글자로 응축해 별명을 붙여줍니다. 자주 자주 불러야 하는데, 이름이 길면 불편하니까요.

제목이란 해당 콘텐츠를 부르는 이름입니다. 좋을수록 자주 부르고, 부를수록 좋아지죠. 그러려면 입에 착 붙도록 짧아야 합니다. 제목을 읽다가 질리지 않도록요. 부르려다가도 귀찮아서 혹은 중간에 한 글자라도 틀릴까 봐 차라리 부르기를 포기한다면, 그건 제목이 잘못된 겁니다.

✅ 보기 쉽게 : 눈으로 쓱 읽어도 이해가 되도록

무식이 자랑인 사람은 없습니다. 그 누구도 자신이 뭘 모른다는 걸 티내기 싫어하죠. 제목에 어려운 단어를 쓰지 말아야 하는 이유입니다.

어려운 개념을 설명해 주는 선생님이 아닌 이상, 무언가를 새로 발견한 과학자가 아닌 이상. 우리 글들은 대부분 우리네 사는 이야기가 담겨있을 겁니다. 글 자체는 물론이 거니와 제목에서도 쉽고 명확한 생활 용어를 쓰는 게 좋아요.

나는 이렇게 어렵고 있어 보이는 말을 쓰는 사람이라는 걸 보여주려는 심산이라면, 앞서 말씀 드렸다시피, 안 쓰는 게 낫습니다. 아무도 좋아하지 않거든요. 글쓴이 한 사람을 제외하고요. 눈으로 쓱 읽어도 이해가 되도록, 쉬운 제목을 지어주세요.

✅ 읽기 쉽게 : 한 번에 소리 내어 읽을 수 있도록

발음도 쉬울수록 좋습니다. 글 전체를 소리 내어 읽는 사람은 없어도, 제목은 소리 내어 읽어보는 경우가 많아요. 게다가 글을 지칭하려면 제목을 소리 내어 불러야 합니다.

그래서 제목을 소리 내어 읽으면 어떤 발음이 나오는지도 점검해 봐야 합니다. 된소리가 많이 나거나 발음 자체가 힘든 단어들은 고쳐쓰는 게 좋아요. '내가 라면을 좋아하는 까닭'보다는 '내가 라면을 좋아하는 이유'가 나은 제목입니다. '까'라는 음절과 '닭'이라는 음절이 붙어 있어 발음하기 어렵거든요. [까닥]으로 발음해야 하는지, [까닭]이라고 '리을', '기역'을 애써 동시에 발음해야 하는지도 헷갈리죠. 그러다 보면 이 제목을 언급하는 것 자체를 주저하게 됩니다. 이름은 많이 불릴수록 좋잖아요. 그러니 사람들이 주저 말고 마음껏 부를 수 있도록 쉬운 발음으로 골라주세요.

☑️ 발음이 비슷하게 : 라임이 생기도록

발음하기 쉬운 단어까지 골랐다면? 그 제목이 '자꾸만' 발음하기 좋은지도 확인해 봅시다. 비슷한 발음이 반복되면 운율이 생깁니다. 운율이 있으면 자꾸 발음하고 싶어지죠.

《나의 라임 오렌지나무》라는 책 제목이 있습니다. '나의, 라임, (오)렌지'라는 세 단어가 비슷한 소리를 냅니다. 계속 발음하다 보면 노래처럼 들리죠.

광고 카피 중에서는 '그래 빙그레', '같이의 가치', '오케이 에스케이'를 예로 들 수 있겠네요. 브랜드 가치를 담은 단어 중에서도 발음하기 쉬운 것을 골랐으니, 오래 기억에 남는 문구가 되었습니다. 소개한 세 가지 카피가 너무 오래된 것들이라 처음 들어보는 사람도 있겠네요. 예전 동료들을 총동원해 요즘 카피 중에 라임을 잘 살린 케이스를 찾아보려 애썼습니다. 하지만 실패했음을 알립니다. 그만큼 라임을 잘 살린 세 카피의 매력이 어마어마하다는 뜻이겠죠.

순서를 바꿔서 : 뾰족한 수가 없을 때, 마지막 방법으로!

이도 저도 안 될 때 쓰는 마지막 방법입니다. 내용이 지극히 평범해 도무지 신선한 제목이 떠오르지 않을 땐 어순을 바꿔보세요. 단어의 순서만 바꿔도 광고 카피처럼 정갈하고 세련된 느낌을 더할 수 있습니다.

'나는 우유를 좋아한다'보다는 '좋아해요, 우유'가 더 제목답습니다. '아이스 아메리카노 맛있다'보다는 '더 맛있게, 아이스로'가 산뜻하죠. '즐겁고 행복하고 건강하게 지내라'보다는 '잘 지내. 즐겁게, 행복하게, 건강하게'의 말맛이 더 좋습니다.

3부

잘 다듬어진 속마음,
그게 바로 좋은 글

닳은 단어는 새 단어로

"1001번째 반복하는 '좋아요'는

안 좋아요."

사랑해, 행복해, 미안해, 고마워, 파이팅… 하루에 열두 번도 더 쓰는 말들이죠. 너무 많이 써서 그만 닳아버렸습니다. 이런 닳은 단어들은 마음에 와 닿지 못하고 데구루루 굴러가 버립니다. 작가, 에디터, 카피라이터들은 글 작업을 할 때 웬만하면 이 단어들을 쓰지 않습니다. 사람들의 마음을 뺏거나 설득하려면, 남다른 매력이 있어야 하니까요.

마지못해 쓰는 경우도 있는데, 그건 마땅히 더 나은 표현을 찾지 못했기 때문이에요. 그렇게 쉬운 단어로 적당히 문장을 때우고 승리감에 젖을 글쟁이는 없을 겁니다.

사랑이라는 단어를 생각해 보면 감이 잡힙니다. 사랑이란 아마 세상에서 가장 커다랗고 위대한 감정을 일컫는 단어일 겁니다. 안타깝게도 같은 이유로 유난히 많이 닳아버린 단어이기도 하죠. 나에게 사랑을 고백하는 사람이 매일 그저 사랑한다고만 몇천 몇만 번을 반복한다면? 더 이상 설레지 않을 겁니다. 슬슬 지루해질 것 같아요.

당연한 말을 당연하게 반복하면 그렇습니다. 이럴 때는 당신을 사랑하기 때문에 어떤 기분이 드는지를 말하는 게 낫죠. 구체적으로 어떤 각오, 어떤 마음이 생겼는지를요. 너무 커서 한입에 먹을 수 없는 추상적인 단어, 사랑. 이걸 먹기 쉬운 크기로 잘라주는 겁니다.

'사랑해! 오늘도 파이팅!'이라고 메시지를 백 통 보내는 것보다 '오늘 너를 생각하면서 셔츠를 골랐어. 만날 것도 아닌데, 괜히 네가 좋아하는 색으로 고르게 되더라. 출근했지? 네가 싫어하는 사람은 한 번도 안 마주치는 그런 하루 보내길'이라고 한 번 보내는 게 낫다고 생각합니다.

두 메시지는 같은 말을 하고 있습니다. 결국 사랑한다는 말이죠. 다만, 두 번째 메시지를 읽은 사람은 사랑의 모양을 더 구체적으로 그려볼 수 있습니다. 둘 사이에 생긴 감정이 그의 일상을 어떻게 바꾸었는지 생생히 알게 되었으니까요.

사랑이라는 말은 흔하기도 하지만, 도무지 한 번에 깨어 물 수 없는 커다란 단어입니다. 그 대신 셔츠 고를 때의 내 기분, 네가 좋아할 만한 걸 고르게 되는 마음, 평화로운 하루를 보내길 바라는 소망. 이렇게 소화하기 좋은 크기로 쪼개어 입에 쏙쏙 넣어주는 거죠.

파이팅이라는 말 역시 닳았습니다. 아무에게 아무 때나 쏟아내다 보니 본래의 뜻을 잃어버렸죠. 그저 쉽게 쓰이고 쉽게 읽힙니다. 파이팅이라 말하고 싶지만 색다른 단어를 골라 쓰고 싶을 땐, 파이팅이라는 말이 두 사람에게 어떤 의미인지 생각해 보세요. 서로에게 바라는 게 무엇인지 더 낱낱이 풀어보는 겁니다. 그럼 대책 없이 커다란 단어가 잘게 쪼개지기 시작합니다.

회사에 다니는 사람이라면, 스트레스를 주는 사람을 마주치지 않는 게 소소하지만 확실한 행운 아닐까요? 그럼 그걸 풀어서 쓰면 됩니다. 파이팅이라는 마음을 전하면서, 파이팅이라는 세 글자보다 정성껏 서로를 응원할 수 있죠.

: 지혜롭게 단어를 쪼개는 방법

저는 대사에 공들인 드라마 보는 것을 좋아합니다. '어떻게 저런 단어를 골라 썼지?' 감탄하며 보죠. 한 수 배운다는 심정으로요. 특히 〈나의 아저씨〉와 〈나의 해방 일지〉를 쓴 박해영 작가의 팬입니다.

사람도, 글도, 일도, 난리법석 떠는 걸 싫어하기 때문인 것 같습니다. 타고난 기질이 그래요. 단정하게 마무리 해냈을 때 승리한 것 같고, 가만히 노력을 기울여 이뤘을 때 가장 뿌듯합니다. 여기저기 손을 벌리고 떠벌릴 때는 왠지 패배한 것 같아요. 결과가 좋다 하더라도 어쩐지 반칙한 느낌이 들거든요. 이런 기질 탓인지, 제가 가장 좋아하는 두 드라마도 잔잔한 부류에 속합니다.

난리법석 떨지 않고, 지극히 현실을 말하되, 세련된 목소리로. 제가 드라마를 볼지 말지를 결정할 때 쓰는 필터입니다. 판타지 혹은 특수한 시대라는 장치를 쓰지 않고, 그저 우리의 삶을 가만히 실어나르는 드라마. 그 과정에서 감히 삶의 디테일을 생략하지 않는 드라마를 좋아해요.

〈나의 아저씨〉와 〈나의 해방 일지〉는 보통 사람이 주인공입니다. 재벌도, 공주도, 귀족도, 불륜남도, 신데렐라도 아니에요. 그저 하루는 버티듯 살다가 하루는 무난히 흘러가고 다음날은 또 다시 난처해지는 보통 사람들의 이야기죠.

그들이 내뱉는 대사는 늘 작은 크기로 쪼개져 있어요. 대단한 단어나 고급스런 문장을 쓰지 않죠. 그중에 가장 애정하는 두 가지를 소개합니다. 가만히 들여다보면, 큰 단어를 지혜롭게 쪼개는 방법을 배울 수 있어요.

〈나의 아저씨〉라는 작품의 주인공은 이지안, 박동훈 두 사람입니다. 어린 나이에 큰 빚을 떠안은 이지안. 그는 사채업자의 폭력으로부터 벗어나기 위해 위험한 거래를 하게 됩니다. 선량한 박동훈 부장을 제거하려는 회사 임원의 모략을 도와 큰돈을 얻고자 하죠.

박동훈 부장의 약점을 캐내기 위해 그의 일거수일투족을 도청하는 지안. 그의 말과 행동을 몰래 엿들을수록 박동훈 부장이라는 보통 사람의 위대함을 알게 됩니다. 아무도 알아주지 않아도 지킬 것을 지키며 사는 사람. 인생의

풍파가 작정을 하고 몰아치는데도 꼿꼿이 서서 그걸 다 맞는 사람. 결국 지안은 박동훈 부장만큼만 살아가는 보통 어른이 되고 싶다는 희망을 얻습니다.

드라마 말미에 지안 역시 또 한 명의 위대한 보통 사람으로 거듭납니다. 세월이 흘러 우연히 마주치게 된 둘. 서로가 서로를 오해하고, 연민하며, 응원하고, 또 떠나보내기까지. 그리고 다시 만나기까지. 마음에 얼마나 많은 말들이 쌓여 있었을까요? 잘 지냈니, 보고 싶었다, 걱정했다, 회사는 어떠니, 괴롭히는 사람은 이제 없니, 벌이는 나아졌니, 건강하니…. 묻고 싶은 말이 많았겠지만, 박동훈 부장은 그 모든 마음을 하나의 말로 모읍니다. 이렇게 독백을 내뱉죠. "지안, 평안함에 이르렀느냐."

무릎을 탁 쳤습니다. 늪 같은 가난 구덩이에서 태어난 지안에게, 작가는 애초에 '평안에 이른다'는 이름을 붙여 줬던 겁니다. 놀라운 설계자의 솜씨입니다. 그럼 그렇죠. 몇 년에 걸쳐 쓰는 드라마 작품인데, 주인공 이름을 어찌 허투루 쓰겠습니까. 지안이라는 이름을 맨 마지막 대사로 한 번 더 짚으며 드라마 전체를 관통하는 메시지를 완성했습니다.

작가가 이름으로 불러서라도 그 인물이 마침내 도착하도록 빌어준 결말, 지안. 가엾은 청년에게 버팀목이 되어줬던 박동훈 부장이 끝끝내 묻고 싶었던 안부, 지안.

이 드라마의 팬들이 작품을 보고 또 보며 감동 받는 것도 같은 이유에서죠. 지안은 보통 사람들의 소망을 대변하는 이름이기도 하니까요. 묵묵히 출퇴근을 하고, 거기서 작은 기쁨을 찾는 사람들. 너무 높은 데를 보며 절망하지 않고, 너무 낮은 데를 보며 위안 삼지도 않는 사람들. 서로 어울려 사는 법을 요령삼아 오늘을 버티는 사람들. 그 쳇바퀴 속에서 평안에 이르는 것이 결국, 우리 모두가 소망하는 것 아닐까요.

〈나의 아저씨〉가 위대한 작품인 이유는 수도 없이 많아요. 그중에서도 가장 큰 이유는 이겁니다. 오늘도 평범한 모습으로 나를 스쳐 지나간 것들을 하나도 놓치지 않고, 새롭게 이름 붙여 작품으로 완성했다는 점이죠.

〈나의 해방일지〉라는 드라마도 비슷한 이유에서 좋아합

니다. 역시 박해영 작가님의 작품이에요. 잘난 구석도, 뽐낼 거리도 없는, 그저 그런 보통 사람들의 이야기입니다. 경기도 남부에서부터 서울까지 매일 출퇴근을 하는 삼남매. 그들은 마을버스를 타고, 지상철과 지하철을 갈아타며 집과 회사를 오가느라 지쳐 있습니다.

그중에서 말수가 적고 의젓한 막내, 염미정. 점점 의미가 옅어지는 자신의 인생에 스스로라도 힘을 부여하기 위해 그는 용기를 냅니다. 아버지의 자그마한 싱크대 공장에서 일하는 구씨에게 놀라운 제안을 하죠.

매일 술에 절어 사는 구씨에게서 익숙한 절망을 발견해서였을까요? 겨울이 지나 내년 봄이 되기까지, 서로를 응원하는 눈빛으로 바라봐주자고 제안합니다. 그럼 각자 지금보다 더 나은 사람이 되어 있을 거라고요. 그때 뱉은 명대사가 기가 막힙니다.

'나를 사랑해줘요', '나를 응원해줘요', '나를 예뻐해줘요'가 아닙니다. 그건 누구나 예상할 수 있는 닳은 표현이죠.

그녀의 입에서 낮게 흘러나온 말은 바로 "나를 추앙해요."입니다. 저는 그 장면을 보며 작가가 얼마나 고민을 했을지 짐작이 되었습니다. 그럼에도 불구하고 왜 끝내 '추앙'이어야 했는지도 알 것 같았죠. 꼭 '추앙'의 자리였습니다. 미정이라는 인물은 남자에게 예쁨받아야 채워지는 그런 인물이 아닙니다. 확신하건대 그런 이야기를 할 거라면 작가는 작품을 쓰지도 않았을 거예요. 신이나 성직자가 아닌 우리 보통 사람들도 추앙이 필요한 때가 있기 때문입니다.

자신의 반경 안에서는 누구나 인플루언서인 시대. 못 본 척 지나가는 찰나에도 서로의 목걸이, 가방, 구두에 박힌 로고를 순식간에 읽어내는 시대. '예뻐요', '멋있어요', '나랑 친구해요'라는 말을 돈처럼 주고받는 시대. 그러다가도 한순간에 짝퉁 논란, 허위 논란, 표절 논란이 들끓는 시대. 상대를 끝도 없이 띄워줬다가도 한순간에 무너뜨리는 시대.

이런 시대에 우리는 점점 지쳐가고 있는지도 모릅니다. 몸에 걸친 장식, 입이 떡 벌어지는 스펙, 팔로워 숫자로 사람을 평가하는 것에 목을 매면서도 질리고 있죠. 온전히 그 사람의 본질을 들여다보고 추앙해 주는 사람을 만난다면, 헛헛한 마음 어딘가가 충만해질지도 모릅니다. 작가가 추앙이라는 말을 쓴 이유 역시 비슷하리라 짐작합니다. 덕분에 우리는 작품을 통해 각자의 삶을 무엇으로 채울 것인지 곰곰이 되짚어볼 수 있죠.

　사랑하는 사람에게 오천 번째 되풀이하는 사랑한다는 말. 그 말을 한 나도, 그 말을 듣는 사람도 새롭게 채워줄 새 단어가 필요합니다. 서로에게 부족한 것이 무엇인지, 서로 줄 수 있는 게 무엇인지 들여다보세요. 그것에 이름을 붙인다면 무엇이 가장 적확할지도요.

　부모 자식간에, 연인과 부부 사이에, 썸 타는 사이에, 동료 사이에, 철저한 비즈니스 관계에도. 새로 이름 붙인 마음과 인사를 주고받다 보면, 분명 더 나은 사이로 발전할 겁니다. 새로운 말과 글 중심에 선 내가 새로워지는 건 당연한 이야기겠죠.

강약중강약

"춤도, 노래도, 글도.

　리듬을 타야 느낌이 충만."

나의 글이 노래가 될 수 있다면 얼마나 좋을까요. 저는 글이 사람들로부터 최대치의 사랑을 받는 순간, 노래로 거듭난다고 믿습니다. 글이 얼마나 마음에 들면 소리를 내서, 그것도 음을 붙여서 불러주는 걸까요. 그 글을 보통 사랑해서는 할 수 없는 일입니다. 노래란, 모든 글이 꾸는 꿈일지도 몰라요.

글을 마지막으로 다듬을 때, 노래에 가까워질 방법은 없을지 고민해봅니다. 감히 가 닿을 수 없는 목표이겠지만, 할 수 있는 최소한의 리듬이라도 붙여주고 싶어요. 어느 너그러운 독자가 연거푸 그 문장을 되뇌다 노래 비슷하게 읊어줄지도 모르니까요.

그러려면 길이가 짧아야 합니다. 문장이 길면 한 번에 이해하기 어려워요. 노래로 부르기는커녕 외우는 것도 무리죠. 음을 붙여 읽는다는 건 가능성 제로에 가깝습니다. 긴 단어를 일부러 골라 쓰는 작사가는 세상에 없을 겁니다. 소리 내어 부르려면 호흡이 중요하니까요.

훈련이 되어 있지 않은 우리가 단번에 짧은 문장으로 구성된 글을 쓰는 건 힘듭니다. 주르르 써내는 것보다 훨씬 어렵죠. 간결하게 요약해 내는 것은 꽤 고난도의 작업이거든요. 일단 쓰고 싶은 문장을 쓴 뒤에, 필요 없는 것을 지워나가는 방법이 빠릅니다. 군더더기를 지워나가며 글을 노래처럼 다듬는 거죠. 이건 꼭 있어야 한다고 여겼던 단어들도 과감히 빼보세요. 글이 당장이라도 무너져내릴 것 같지만, 의외로 그렇지 않습니다. 오히려 생경하면서도 멋진 문장이 만들어져요.

예를 들어볼게요. 함께 일하던 동료가 이직하는 상황에 주고받음직한 편지글입니다.

📋 흔히들 쓰는 문장

민정 씨 그동안 고생 많으셨습니다. 민정 씨를 만난 지 엊그제인 것 같은데 벌써 다른 데로 가신다고 하니 섭섭하네요.
ㅠㅠㅠㅠ 민정 씨가 더 나은 새 직장으로 가신다고 하니 축
하하며 보내드리렵니다!!!! 그래도 우리 가끔 만나서 안부
도 묻고 맛있는 것도 먹고 그래요. 보고 싶을 거예요. 민정
씨!!!!!!

☑ 군더더기를 덜어 낸 문장

그동안 고생 많으셨습니다. 만난 지 엊그제인 것 같은데 다
른 데로 가신다니 섭섭하네요. 더 나은 곳으로 가신다니 축
하하며 보내드립니다. 가끔 만나서 안부도 묻고 맛있는 것
도 먹어요. 보고 싶을 거예요.

☑ 덜어 낸 이유

① 민정씨 : 읽는 사람이 이미 정해져 있으므로 이름을 연
거푸 부를 필요 없어요.

② ㅠㅠㅠ : 이별해서 아쉬운 마음이 글 전체에 잔뜩 묻어
있으니 생략해도 됩니다. 없앨수록 더 정중하고 단정해 보
여요.

③ !!!!!! : 없어도 지장 없습니다. 없앨수록 더 진심으로 보여요.

④ 벌써, 새 직장, 그래도, 우리, ~하고 그래요 : 주변에 놓인 단어들이 이미 그 뜻을 갖고 있어요. 생략해도 됩니다.

☑ 조금 더 덜어 낸 문장

엊그제 만난 것 같은데 섭섭하네요. 더 나은 곳으로 가신다니 축하하며 보내드립니다. 가끔 안부도 묻고, 만나서 맛있는 것도 먹어요. 보고 싶을 거예요.

☑ 더 덜어 낸 이유

① -가, -서 : 습관처럼 붙이는 글자들이 많습니다. '~해서'는 '~해'로 줄여쓸 수 있어요. '종종 만나서 맛있는 거 먹자'는 '종종 만나 맛있는 거 먹자'로 '보고 싶어서 연락했다'는 '보고 싶어 연락했다'로. 한 글자씩 줄이는 것만으로도 글 전체가 한결 가벼워져요.

☑️ **더불어 고친 것**

① 만난 지 엊그제 : 만난 지 엊그제는 비문에 해당합니다. 비문은 주어와 서술어가 호응하지 않는 경우를 일컬어요. 바로 다음 장에서 비문에 대해 자세히 다뤄보겠습니다. '엊그제'에 해당하는 것은 '만난 지'가 아니라 '처음 만난 날'이죠.

처음 만난 날 = 엊그제 (○)

여태 만난 시간 = 엊그제 (×)

'만난 지 엊그제'가 아니라, '엊그제 만난 것 같은데'가 옳은 표현이에요. 주어와 서술어를 잘 매치하는 것만으로도 가독성을 높일 수 있어요.

모든 문장을 짧게 쓸 수는 없을 겁니다. 어쩔 수 없이 길어지는 경우도 있어요. 더 이상 단어를 생략했다가는 원래 의도했던 뜻이 무너진다면, 더 이상 지우지 말아야 합니다. 미니멀리즘도 좋지만, 뜻한 바는 충실히 전해야 하니까요. 그럴 땐 바로 다음에 올 문장을 아주 짧게 쓰는 것으로 수습하면 됩니다. 두세 글자 정도로 아주 짧게요.

☑ 길지만 뺄 것이 없는 문장

말귀를 잘 알아듣는 것은 인턴이나 신입사원이 갖춰야 할 중요한 덕목이지만 그들 입장에서는 좀 억울한 면도 있다.

☑ 둘로 쪼갠 문장

말귀를 잘 알아듣는 것은 인턴이나 신입사원이 갖춰야 할 중요한 덕목이다. 그런데 그들 입장에서는 좀 억울한 면도 있다.

☑ 문장 하나를 확 줄인 문장

말귀 알아듣기. 인턴이나 신입사원이 갖춰야 할 중요한 덕목이다. 그런데 그들 입장에서는 좀 억울한 면도 있다.

이렇게 문장을 쪼개고, 쪼개진 부분을 간결하게 다듬어 봅시다. 더 이상 뺄 것이 없어, 비슷한 길이의 문장이 이어질 때는 둘 중 한 문장을 확 줄이는 것도 방법이에요. 아예 한 단어로요. 그럼 글에 리듬이 생기거든요. 강약중강약, 리듬이 생기면 노래에 가까워집니다. 노래에 가까워진 만큼 아름다워지고요.

: 노래 가사로 연습하기

너무 어려울 때는, 아예 노래로 쓰인 글을 읽으며 연습해 보세요. 부를수록 가사에 담긴 뜻이 와 닿는 노래를 하나 골라보는 겁니다. 가사를 가만히 뜯어보면, 글의 리듬에 대해 배울 수 있죠.

저에게도 그런 노래가 있습니다. 김국환의 〈아빠와 함께 뚜비뚜바〉라는 노래입니다. 1995년에 발표된 곡입니다. 제일기획에 다니던 시절, 카피라이터 선배님이 알려주신 노래예요. 당시 막 부모가 된 사람들을 타깃으로 아이디어를 짜기 위해 가져오신 자료 중 하나였습니다. 선배가 가져온 〈아빠와 함께 뚜비뚜바〉의 가사를 천천히 짚어 보며 크게 감탄했습니다. 멋있었거든요.

집으로 돌아와 노래를 틀어놓고, 한줄 한줄 다시 읽었습니다. 단어는 정겹고, 문장은 담백하고, 내용은 웬만한 육아서적보다 위대했어요. 당시 미혼이었지만, 한 아이의 엄마가 된 지금 들어보아도 감상은 동일합니다. 이 페이지를 읽고 있는 엄마 아빠들에게도 추천해요. 마음 속 큰 북이 둥 울릴 겁니다.

가장 멋진 구절은 이겁니다. "네가 가진 노래를 부르렴. 난 미리 걱정하지 않는다."

최고의 노래 가사이자 인생 조언. 이 가사로부터 글과 마음에 대한 다짐도 새로 고칠 수 있었어요. 언젠가 누군가에게, 이런 글을 남기는 어른이 된다면, 저는 스스로 충분히 지혜롭게 늙었다고 자부할 수 있을 겁니다.

이상은 작사 작곡의 〈비밀의 화원〉 또한 아끼는 곡입니다. 아이유느님께서 리메이크하며 더욱 애정하게 되었죠. 어제의 실수를 잊고 오늘은 새롭게 날아오르자고 다짐하는 노래입니다. 지우고자 하는 어제가 진흙탕 같은 싸움이든, 힘겨운 이별이든, 사소한 실수이든. 거기에서 헤어나와 민트향처럼 상쾌한 향기를 풍기며 앞으로 나가자고 권

유하는 메시지가 담겨있죠.

제가 이 가사를 사랑하는 이유는 바로 사소함입니다. 새로운 날을 꿈꾸며 쓴 노래 가사인데 단어는 참 작은 것들로 골라 썼거든요.

향기 나는 연필로 쓰는 일기, 민트향이 나는 새로운 샴푸, 새로 알아낸 그 가게에서 먹는 점심 …

뜨거운 열정으로 도약하는 미래라든가, 남다른 각오로 맞이하는 혁명적인 내일 같은 단어는 거기에 없습니다. 그래서 진짜죠. 보통 사람들이 마음을 새로 고쳐먹을 때, 대단한 혁신을 하는 건 아닙니다. 샴푸를 바꾼다거나, 새로운 음식을 먹는다거나, 새 운동화를 신는다거나 하죠. 그 정도로도 우리는 삶의 각도를 틀게 되고, 하루하루 조금씩 더 새로운 곳으로 걸어갑니다.

우리의 삶처럼 사소해서, 그래서 더 와 닿는 〈비밀의 화원〉. 가만히 읽어내려가며 생각했습니다. 이렇게 소소하고도 소중한 글을 쓰고 싶다고요. 온 세상이 떠드는 대단한 표어가 아니라 어느 한 사람이 긍정하는 글을요. 엄두가 안 나는 글이 아니라 지금 당장 그렇게 살아지는 글을요. 제가 앞으로 써나가는 글이 그러하다면, 그건 바로 〈아빠와 함께 뚜비뚜비〉와 〈비밀의 화원〉 덕분일 겁니다.

여러분도 좋아하는 노래를 줄 세워보세요. 그중에서도 특히 가사가 멋진 곡을 골라 다시 들어보는 겁니다. 한줄 한줄 글처럼 읽으면서요. 거기서 배운 것들을 앞으로 쓸 글에 담아낸다면, 언젠가 여러분의 글이 노래처럼 들리는 날이 올 겁니다.

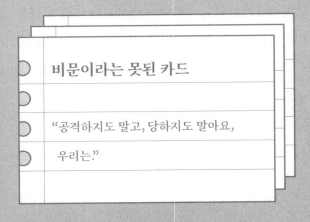

비문이라는 못된 카드

"공격하지도 말고, 당하지도 말아요,

우리는."

글 쓰는 사람들끼리 주고받는 치사한 공격이 하나 있습니다. 그건 바로 '비문'이라는 카드죠. 문장 안에 담긴 뜻이 얼마나 위대한지를 논하기도 전에 판을 엎어버리는 무시무시한 카드입니다. "근데 이거 비문이잖아."라는 평가는 그야말로 전의를 상실하게 만들죠. 주어와 서술어가 호응하지 않거나 문장의 구조가 무너져 있는 경우 비문이라고 부릅니다. 문장이 제대로 성립하지 못했다는 뜻이죠. 저는 이 '비문이다'라는 평가를 별로 좋아하지 않습니다. 기분 좋게 출발선에 섰는데 복장이 불량하다는 이유만으로 실격 처리 당한 기분이거든요.

　물론 저도 이 카드를 쓴 적이 있습니다. 누군가 나를 불쾌한 태도로 대하면, 그 코를 납작하게 해주기 위해 써먹죠. 예를 들어, 고심해서 쓴 카피를 피드백도 없이 깡그리

무시할 때, 다짜고짜 새로운 내용을 내밀어 5분 내로 영문 번역만 해달라고 요청할 때는 "죄송하지만 새로 보내주신 카피는 비문이라, 그대로 영어로 옮기기는 어렵습니다."라며 정중히 이 카드를 꺼냅니다. 제 딴에는 기본이 안 된 요청이라 실행에 옮기기 어렵다는 뜻이죠. 이 '비문' 카드는 수치심을 동반하기 때문에 효과가 좋습니다.

이런 은근한 공격은 회사에서 쉽게 목격할 수 있죠. 특히 판을 그냥 엎어버리고 싶을 때, 혹은 여기서 결정권자는 나라는 걸 어필할 때 많이들 사용합니다.

광고 회사 막내 카피라이터이던 시절의 일이에요. 그때가 아마 최초일 겁니다. '아, 어른들은 이렇게 은밀하게 전투를 하는구나'라고 느낀 최초의 시점이죠.

광고를 촬영하고 나면, 촬영본 위에 배경 음악을 골라 입히거나 멘트를 얹는 후시 녹음을 합니다. 영상 녹화본에는 현장음이 많이 섞여있으니까요. 영상 속 기존의 소리는 싹 밀어버리고, 그 위에 깔끔하게 재단된 음악을 까는 겁니다. 모델의 멘트도 입모양 그대로 새로 녹음해서 얹죠.

그때 제작하던 영상은 한 제과 브랜드의 크리스마스 광고였습니다. 제과 브랜드의 케이크 매출은 대부분 크리스마스에 발생합니다. 대목 중에서도 최고 대목이죠. 모든 제과 브랜드에서 해마다 새로운 크리스마스 광고를 제작합니다. 소비자들이 '그래, 올해 케이크는 여기서 사야겠다!'라고 결심하도록 심혈을 기울이죠.

카피 한 줄, 음악 하나도 돋보여야 합니다. 대부분 유명한 캐럴의 라이선스를 앞 다투어 구입해 광고에 덧붙입니다. 그때만큼은 라이선스 구입에 돈을 아끼지 않아요. 아예 새로운 캐럴을 창작하기도 합니다. 당대 가장 인기가 많은 아이돌과 콜라보 작업을 하기도 하죠.

그때는 후자에 해당했습니다. 광고 콘셉트와 콘티를 녹음실에 미리 전달해, 어울릴 만한 캐럴 제작을 의뢰해둔 상태였습니다. 촬영장에서 영상을 찍을 동안, 녹음실에서는 캐럴을 제작합니다. 완성된 영상에 음악을 얹어 감상하며 섬세하게 다듬는 방식으로 작업을 진행하죠.

바로 그날이었습니다. 새로 만든 캐럴과 편집된 영상을 감상하기 위해 하나둘 녹음실로 모였어요. 크리에이티브디렉터, 카피라이터 차장, 카피라이터 대리, 카피라이터 사원(저). 아트디렉터 차장, 아트디렉터 대리, 아트디렉터 사원. 기획팀 차장, 부장, 대리, 막내. 광고주 팀장, 차장, 대리, 사원. 녹음 실장님, 대리님, 막내. 촬영 감독님, 조감독님, 피디님. 각 부서의 최고 선배부터 막내까지 전부 모이는 날이었죠.

　사람들이 하나둘 도착하기 시작했습니다. 중간중간 새로 작업한 캐럴 여러 곡이 재생되기도 했습니다. 그날 카피라이터 팀은 좀 늦게 도착한 상황이었어요. 뒤에 이어질 결말을 생각하면, 카피 팀이 가장 늦게 도착했어야만 하는 날이었던 것 같습니다. 그러지 않고서야 그 정도로 극적인 상황은 펼쳐지지 않았을 테니까요.

　카피팀이 느지막이 녹음실 문을 열고 우르르 들어가는 순간, 한 캐럴이 재생되고 있었습니다. 여기저기 목례를 하며 빈자리에 앉기 바쁜 우리를 뒤로하고, 카피라이터 대리님이 대뜸 호통을 쳤어요.

　"이 음악 꽝이에요! 완전 엉망. 아까 마디랑 지금이랑 박자가 하나도 안 맞아요."

정적이 흘렀습니다. 어쩌다 잠깐 재생된 음악인데도, 기본이 안 된 음악이라는 딱지가 붙어버렸어요. 마디가 어떻고, 박자가 어떻고. 느낌이나 감상을 논하기 전에, 기술적으로 온전치 못한 음악이라는 평가가 내려진 이상, 누구도 손들고 나서서 그 음악이 실은 꽤 마음에 들었다고 말할 수 없게 됐죠. 그럴 의도가 있었든 없었든, 이후로는 대리님의 최종 판결 없이는 음악을 논할 수 없게 되었습니다. 좌중을 압도하는 어른의 카리스마란 바로 이런 거 아닐까 싶었죠. 누군가 "이거 비문이에요."라는 말을 할 때 저는 기시감이 듭니다. 연차로 치면 어린 편에 속한 대리님이, 음악을 담당하는 전문가도 따로 있는 자리에서, 소신 있게 던진 파워 게임 출사표, "이 음악 꽝이에요."

"이거 비문이에요."라는 말에도 비슷한 전투력이 서려 있는 것 같습니다.

'그쪽 태도가 힘 싸움을 하자는 것 같네요. 진짜 원하는 게 이겁니까? 제가 보기엔 당신은 글에 대해 잘 모르는 것 같은데. 전 당신보다는 많이 압니다. 그러니 저는 비문이라

는 카드를 쓰겠습니다. 각오하세요. 좀 수치스러울 겁니다'

여기저기 비문 카드를 날리고 다니면, 주변에 친구 하나 남지 않을 겁니다. 친구는커녕 비즈니스 파트너 한 명조차 곁에 남지 않을 거예요. 그래서 "비문인데요?" 카드는 남발하지 말아야 합니다. 여기저기 당신이 틀렸노라 선포하고 다니는 사람은 도무지 정이 안 가니까요.

대신 먼저 날리지는 않더라도 맞고 있지만은 말아야겠습니다. 그러려면 우리의 글에 비문을 남겨선 안 되겠죠. 그중에서도 짧은 시간을 들여 고쳐쓸 수 있는 방법이 있습니다. 주어와 서술어가 잘 매치되는지 확인해보면 됩니다. 회사에서 주고받음직한 짧은 문장을 예로 들어보겠습니다(단, 이것은 예시일 뿐입니다. 혹시 나도 모르게 이런 문장을 메일에 써서 전송했는데, 상대방이 답신으로 '이건 비문입니다'라고 말한다면, 일단 거르십시오. 대단히 삐뚠 사람입니다).

: 비문, 어떻게 고쳐야 할까?

📑 예시 문장

어제 직접 확인된 내용이라서, 변경 없기로 했습니다.

이 문장에서 '어제', '직접'은 문장을 꾸미는 역할을 합니다. 주어와 서술어가 문장의 뼈대라면, 목적어와 수식어는 근육과 지방이라 할 수 있죠. 즉, 주어와 서술어는 문장에 구조를 만들어주고, 목적어는 뜻이 정확히 흐르게 하며, 수식어는 윤기를 더해줍니다.

이 문장 구조가 뒤틀렸을 때 비문이 됩니다. 구조를 살펴보려면 근육과 지방은 잠시 걷어낸 뒤 점검해야 해요. 이 경우 '확인', '믿고', '결정'이 서술어를 이루는 요소에 해당합니다. 영어로 치면 '동사'에 해당하죠. 주어는 숨어 있는데, 그러한 행동들을 한 주체는 결국 '나'임을 짐작할 수 있어요. 주어와 서술어, 즉 뼈대만 추리고 남기면 됩니다.

☑ 뼈대만 남긴 문장

내가 확인됐고, 내가 변경 없기로, 내가 (결정)했다.

이때 '내가 확인됐고'와 '내가 변경 없기로'가 결격 사유에 해당합니다. 주어와 서술어가 호응하지 않으니까요. 이렇게 고쳐쓰는 것이 옳습니다.

☑ 주어 '내가'에 맞게 서술어를 고친 문장

내가 확인했고, 내가 변경하지 않기로, 내가 (결정)했다.

글의 뼈대를 바르게 짜 맞추었으니, 아까 덜어놓은 근육과 지방을 원래의 자리로 돌려놓아 봅시다.

☑ 주어와 서술어가 호응하는 문장

어제 직접 확인한 내용이라서, 변경하지 않기로 했습니다.

나란히 놓고 보면 그 차이가 극명해집니다.

어제 직접 확인된 내용이라서, 변경 없기로 했습니다. (×)

어제 직접 확인한 내용이라서, 변경하지 않기로 했습니다.

(○)

예시를 더 들어볼까요?

📋 **예시 문장**

지난 미팅에서 우리 제안서가 호응이 별로였던 이유는 자
료 조사가 너무 부족했다.

회사에서 흔히들 쓰는 말입니다. 이것도 근육과 지방을
발라내고 뼈대만 남겨보죠. 주어와 서술어가 여러 개라,
두 덩어리의 뼈대가 나오네요.

☑️ **뼈대만 남긴 문장**

① 우리 제안서가 호응이 별로였다.

② 그 이유는 자료 조사가 너무 부족했다.

☑ 주어와 서술어가 호응하도록 고친 문장

① 우리 제안서가 호응을 못 얻었다.

② 그 이유는 자료 조사가 너무 부족했기 때문이다.

☑ 주어와 서술어가 호응하는 문장

지난 미팅에서 우리 제안서가 호응을 못 얻은 이유는 자료 조사가 너무 부족했기 때문이다.

나란히 놓고 비교해볼까요?

지난 미팅에서 우리 제안서가 호응이 별로였던 이유는 자료 조사가 너무 부족했다. (×)

지난 미팅에서 우리 제안서가 호응을 못 얻은 이유는 자료 조사가 너무 부족했기 때문이다. (○)

처음부터 절대로 비문을 만들지 않겠다는 다짐으로 써 나가면 어렵습니다. 조심스럽기 때문에 쓰다말다 하며 주춤하게 되죠. 일단 주르르 쓰고 나서, 다시 읽어보며 바로

잡는 게 낫습니다.

그러려면 써놓은 문장마다 뼈대만 남기고, 점검하고, 다시 근육과 지방을 원래대로 올려놓는 순서로 작업을 해야 합니다. 그러니 꾸미는 단어를 최소한만 쓰는 게 좋습니다. 아예 없애는 것도 방법이고요. 그럼 비문을 점검하는 시간도, 비문을 남길 확률도 줄어듭니다.

문장은 사람의 몸과 비슷합니다. 수식어가 너무 많으면, 지방이 너무 많이 붙었다고 할 수 있죠. 당연히 건강에 좋지 않습니다. 뼈와 근육이 제자리에 탄탄히 붙은 뒤에 윤기가 더해져야 해요. 건강한 문장이 모여야 건강한 글이 됩니다.

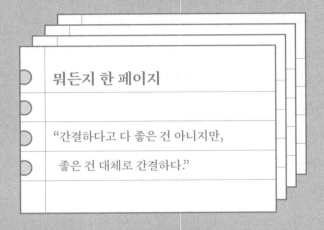

뭐든지 한 페이지

"간결하다고 다 좋은 건 아니지만,

 좋은 건 대체로 간결하다."

글은 짧을수록 좋습니다. 문장뿐만 아니라 글 전체 분량도 짧을수록 좋죠. 글이 길어서 좋다는 칭찬은 근래에 들어보지 못했습니다. 모두가 "바쁘다, 바빠."라고 외치는 현대 사회잖아요. 우리에게 진득하게 앉아 글을 곱씹어 읽을 시간은 없으니까요.

일과와 일과 사이, 약속과 약속 사이, 지하철 한두 정거장 지나는 사이에 쓱 읽을 수 있어서. 그럼에도 불구하고 메시지가 잘 드러나서, 그 여운은 큰 북처럼 둥둥 오래 내 마음을 울려서. 그래서 그 글이 참 좋았노라고 칭찬하는 경우는 많습니다.

짧은 글이 다 좋다고는 할 수 없겠죠. 하지만 진짜 좋은 글은 대부분 간결하게 정리되어 있습니다. 분량이 주어지는 시험이나 과제는 제외하겠습니다. 제한된 기간 안에 일정 분량의 글을 지어내는 것을 보며 성실함을 측량하려는 의도가 있으니까요.

우리가 일상이나 회사에서 주고받는 대부분의 글은 분량이 짧을수록 환영 받습니다. 워드 문서든, 종이 편지지든, 조그만 카드든, 커다란 카드든. 그 안에 글을 담을 때는, 한 페이지를 넘기지 않도록 노력해봅시다.

'짧게 쓰는 게 뭐가 어려워? 길게 쓰는 게 어렵지'라고 생각할 수 있습니다. 하지만 각 잡고 제대로 써본 분이라면 알 겁니다. 주절주절, 앞 문장을 끌어다 뒷 문장에 반복하며 끝없이 글씨를 채워나가는 것이 실은 얼마나 쉬운지를요. 반면 마음과 의도를 농축해서 한 장으로 깔끔하게 정리하는 것이 얼마나 어려운지도요.

절대 그럴 리가 없지만 돈이 무한정 있다고 가정해봅시다. 써도, 써도 마르지 않는 지갑을 가진 당신은 쇼핑을 하기 위해 백화점에 들어왔습니다. 신나죠? 오랜 기간 남몰래 짝사랑해온 사람의 생일 파티에 초대받았거든요. 그는 나를 그저 친한 친구로 생각하지만, 나에게 그는 애틋한 사람입니다.

그런데 마음을 고백하기에는 아직 이른 것 같아요. 섣부르게 감정을 들켰다가는 괜히 어색해질까 두렵죠. 그래서 이번 생일 선물은 그저 적당히, 그러니까 진심은 들키지 않은 채로, 산뜻하게 선물을 건네고 싶습니다. 대신 그에게 꼭 어울리는 걸로요.

복잡해지기 시작하죠? 걱정 마세요. 우리에겐 돈이 많이 있잖아요. 가격은 문제없는걸요. 다만 딱 하나의 선물을 사야 해요. 그가 부담스러워하면 안되니까요. 무턱대고 제일 비싼 걸 고르는 오류도 범해선 안됩니다. 역시, 그가 오해를 해선 안 되니까요.

어떤 선물을 골라야 할까요? 정답이 언뜻 떠오르지 않지만, 오답은 확실합니다. 되는대로 많이 사는 것 혹은 되는대로 비싼 걸 사는 것이겠죠.

이렇게 모든 걸 담을 수 있는 상황에서, 적절한 선물을 하나만 고르는 마음. 그런 마음으로 글을 쓴다면, 한 줄씩 심혈을 기울일 수 있어요. 가장 적절한 문장을 골라 간결하게 담아내려면 생각보다 많이 고민해야 하거든요.

: 넘치는 마음을 한 장 안에 담기까지

제일기획 신입 카피라이터 때의 일이 떠오릅니다. 그때만 해도 스트리밍 플랫폼이 변변치 않던 때입니다. 드라이브할 때 들을 곡을 MP3 기기에 왕창 다운 받아놓고, 차에 꽂은 채로 달리며 감상하던 시절입니다.

팀장님께서 드라이브할 때 요즘 노래를 들으며 요즘 애들이 뭘 좋아하는지 배우고 싶다고 하셨어요. 팀에서 가장 막내였던 저에게 텅 빈 MP3를 내밀며, 평소에 듣는 음악을 담아 달라고 부탁하셨죠. 그 정도쯤이야 흔쾌히 해드리고 싶었습니다. 게다가 나를 통해 뭔가를 배우고 싶다니, 은근히 신나는 부탁이었습니다.

요즘 유행하는 중에서도 좋은 노래로 골랐습니다. 콕 짚어 제게 부탁하신 일이었으니, 아무 노래나 왕창 담아서는 안 될 일이었죠. 고민 끝에 30개의 곡을 골라 담았고, 다음 날 자신 있게 팀장님께 내밀었습니다. 저의 선곡을 마음에 들어 하실지 두근대면서도 내심 자신 있었습니다. 정말 열심히 골랐거든요.

주말이 지나고 다시 회사. 팀장님이 대뜸 이렇게 말씀하셨습니다.

"아니 왜 30곡밖에 안 담았어? 용량이 없어?"

아이코. 팀장님이 원했던 건 고르고 고른 30곡이 아니라, 주르륵 긁어 담은 100곡, 300곡이었던 거였죠.

"헉, 가장 좋은 걸로 30곡 골라 담은 건데…."

어색한 공기가 흘렀습니다. 팀장님은 그런 거였냐며 머쓱하게 웃으셨습니다. 저도 덩달아 웃었지요. 요즘 노래 중에서도 좋은 곡을 듣고 싶어 제게 부탁하신 줄 알았더니 그게 아니었습니다. 아무거나 최대한 많이 원하셨던 겁니다. 대신 어디서 어떻게 저장하는지 모르니 그 부분을 제게 기댔던 거였죠.

저는 두고두고 이 일에 대해 생각합니다. 사실은 당시의 제 행동이 퍽 마음에 들거든요. 제가 원하는 바를 실제로 살아낸 순간 중 하나일 겁니다. 앞으로도 그렇게 살겠노라 다짐을 합니다.

'누군가 내게 뭘 알려달라고 한다면, 백번 천번이라도 고르고 골라 알려줘야지. 가장 좋은 서른 개를 알려주는 사람으로 살 거야. 2, 300개를 주르륵 긁어주는 사람이 아니라'. 일을 할 때도, 삶을 살 때도 여전히 그러려고 노력합니다. 요즘 노래 중에서도, 내가 듣기에 훌륭한 곡, 그중에서도 팀장님이 들으며 좋아할 만한 곡을 골라 서른 개로 추렸던 그날의 저를 사랑스러워하면서요.

저는 여전히 누군가의 취향과 상황을 간파하고 가장 좋아할 하나를 골라낼 때 뿌듯해요. 그렇게 나름의 연습을 거듭하며, 더 나은 카피라이터이자 콘텐츠 에디터로 성장했음을 확신하죠.

백 개 천 개 얼마든지 쓸어 담을 수 있는 세상. 테라바이트 단위로 저장하고 전송할 수 있는 요즘. 많이 하는 것보다 하나를 제대로 해내는 일이 더욱 가치 있다고 믿습니다. 거기에는 상대방을 백번 천번 생각해 보는 노력이 필요하기 때문이죠.

글도 똑같습니다. 넘쳐흐르는 마음을 한 장으로 요약해 내려면 깊이 고민해야 합니다. 누가, 어떤 장소에서, 어떤 시각에 읽는 글인지는 염두에 두는 건 기본이죠. 대부분 내 기대에 미치지 못할 정도로 대충 읽는다고 가정하는 편이 좋습니다. 쓰는 사람이 아무리 오래 걸려 완성한 글이라도요. 바쁜 하루, 바쁜 일과에 허덕이는 우리는 글쓴이만큼 마음을 다해 무언가를 읽을 여력이 없습니다. 최악의 경우에는 첫 번째 줄, 세 번째 줄, 그리고 마지막 줄만 읽을지도 몰라요. 다들 바쁘거든요.

　그래서 더더욱 간결하게 써야 합니다. 국밥이든, 초밥이든. 정갈하게 담겨 나온 적정량을 잘 비웠을 때 기분이 좋아요. 그릇에 넘쳐흘러 테이블에 줄줄 흐르면 아무리 많이 줘도 별로였던 기억을 떠올려 봅시다. 글도 마찬가지예요.

뻔한 구석 대청소

"손가락이 자동 완성한 부분,

 거기가 승부처."

누구나 그렇습니다. 대충 감이 잡히는 부분은 건너뛰게 되어 있죠. 앞서 여러 번 언급했듯, 우리는 대체로 바쁘기 때문입니다. '오랜만입니다', '읽어주셔서 감사합니다', '잘 부탁드립니다' 같은 뻔한 문장은 제대로 읽지 않고 지나치기 마련이에요. 편지지 위에 그려진 장식처럼, 당연히 거기에 있되 굳이 두루 살피지 않아도 되는 영역으로 취급 당하죠.

달리 생각해 보면 거기가 바로 우리의 승부처가 될 수도 있습니다. 메일을 보낼 때 첫 줄에 쓰기 마련인 '안녕하세요. 오랜만입니다'라는 인사말을 예로 들어볼게요. 다들 그렇게 하니까 나도 그저 덩달아 하는 인사 말고, 발신인과 수신인 둘 사이에서만 주고받을 수 있는 친밀한 문장을 써보는 거예요. '우리가 마지막으로 봤던 게 언제인데, 나는 그날을 생각하면 이러한 감상이 떠오른다. 그 뒤로 오랜만에 메일로 인사하니 참 반갑다'는 내용으로 말이죠. 뻔한 인사말에 정성을 더해보는 겁니다. 그때 있었던 음식이나 물건 혹은 공간을 언급하는 것도 방법이에요. 그것만으로도 발신인과 수신인, 둘의 거리가 가 확 좁혀지거든요.

'저번 회식 때 같은 테이블에 앉았죠? 그 이후로 처음 인사 드리네요. 그날 다들 유난히 즐거워했던 기억이 있습니다. 조만간 다시 그런 자리가 있으면 좋겠네요.' (아무리 인사말이라도 거짓말을 해선 안 되겠죠? 마침 떠올린 기억 속 회식 분위기가 그리 좋지 않았다면, '그날 음식이 정말 맛있었는데' 혹은 '그날 되게 빡센 회식 자리였는데'라고 솔직담백하게 써도 좋습니다.)

'오랜만'이라는 말을 이렇게 조금만 상세히 풀어써도 관계에 정성이 깃들죠. 받아보는 사람 입장에서도 유달리 마음이 가는 메일이 될 겁니다. '맞아요. 그날 기억이 나네요. 그동안 잘 지내셨죠?'라고 화답하며 잠시나마 공통된 시간을 떠올릴 수 있을 거예요. 그럼 높은 확률로 그 뒤로 이어나갈 업무 내용도 조금은 부드럽게 바뀔 테고요. 결국 사람과 사람 사이의 일인데, 오가는 메일 속에 사람 하나를 얻으면 서로 윈윈이죠. 인사말부터 뻔한 구석을 남기지 않는 연습을 하다 보면 우리의 무대는 점점 더 넓어질 겁니다. 인사말, 맺음말 더 나아가 본론까지도 남다르게 쓰게 되는 거죠. 같은 내용이라도, 좀 더 마음 가는 글을 완성할 수 있습니다.

: 나의 이야기가 가장 특별한 주제

글의 뻔한 구석을 없애려면 역시 나를 깊이 들여다봐야 해요. 뻔하다는 건 결국 남들도 이미 수없이 그렇게 해 와서 별 볼 일이 없다는 뜻이겠죠. 그렇다면 결국 가장 나다운 것, 가장 우리다운 것에 집중해야 해요. 나와 똑같은 삶을 사는 사람은 세상에 없으니까요. 내가 직접 겪은, 내가 보고 들은, 내가 뼈저리게 느낀, 내가 가장 잘 아는 이야기를 담을 때 우리의 글은 유일해집니다. '뻔한' 이야기에서 확실히 멀어질 수 있어요.

예시로 다시 돌아가볼게요. '오랜만입니다'라고 인사를 건네는 사람은 세상에 수도 없이 많을 겁니다. 그래서 뻔해지는 거죠. 하지만 '회식 때 같은 테이블에 앉아 맛있는 고기를 먹었던 사람'은 아마 내가 유일할 겁니다. 그러니 '저번 회식 때 같은 테이블에 앉았던 기억이 나네요. 그날 고기 참 맛있었는데. 그날 이후로 참 오랜만이죠? 조만간 또 회식 자리가 있으면 해요'라는 인사말 역시 유일합니다.

세상에서 가장 뻔하지 않은 글 주제는 사실 어느 먼 곳에 있는 게 아니라 바로 내 안에 있다는 사실이 놀랍습니다. 가장 뻔한 하루를 살고 있는 나 자신이야말로 가장 뻔하지 않은 이야기를 만드는 비결이란 뜻이니까요. 저 역시 생활 속 글쓰기를 멋지게 해내고 싶을 때는 물론이고 업무로서도 색다른 글을 써야 할 때, 늘 제 안으로 들어갑니다. 주제와 관련해 내가 진짜로 느낀 것이 무엇인지, 내가 진짜로 믿는 것이 무엇인지, 내가 진짜로 본 사실은 무엇인지에 깊이 집중합니다. 덕분에 퍽 마음에 드는 글들을 남기며 살아온 것 같아요.

그러고 보니 웃지 못할 에피소드가 하나 떠오릅니다. 제일기획에 갓 입사했을 때의 일이에요. 제일기획은 삼성 그룹에 속해 있으므로, 삼성 전체에서 주관하는 신입사원 교육을 받습니다. 소위 파란 피로 물들이는 과정이죠. 이 과정이 끝나야 제일기획으로 소속되고, 이어서 제일기획 신입사원 교육을 받게 됩니다. 그룹 차원에서 한 번, 회사 차원에서 한 번. 그렇게 두 번의 신입사원 교육을 마치면 본격적인 광고 업무에 투입이 되고요.

삼성 그룹에서 주관하는 전체 신입사원 교육을 '하계 신입사원 수련회'라고 부릅니다. 줄여서 '하계수'라고 하죠. 이 하계수는 꼬박 한 달이 걸리는 수련회입니다. 기간 내내 삼성 그룹의 문화, 업무 방식, 가치관, 역사, 기본 경영 철학 등등을 배워요. 상황에 따라 2, 3주로 대체하기도 했는데, 지금은 아예 없어졌다고 하더군요. 저는 삼 주에 걸쳐 교육을 받았습니다.

삼성전자, 삼성 중공업, 삼성전기, 삼성증권, 삼성생명, 삼성바이오, 제일모직, 제일기획… 다양한 계열사의 신입사원들이 한데 모였습니다. 교육팀에 한 회사 신입사원만 쏠려 있지 않도록 적절히 구성원을 배치해요. 제일기획은 다른 회사에 비해 유독 인원이 적어, 보통은 한 팀에 한 명

꼴로 배치됩니다. 저 역시 배정된 교육팀에서 유일한 제일기획 사원이었죠. 같은 팀 동기 중에 유난히 말수 적고 점잖은 사람이 있었습니다. 나이는 저보다 많아, 제가 편히 오빠라고 불렀죠. 순한 인상에 극도로 말을 아끼는 그는 누가 보아도 인싸는 아니었습니다. 딱 그래 보였어요.

저도 내성적인 사람이거든요. 다만 업무와 관련된 경우에만 한정적으로 외향적 기질이 발휘됩니다. 신입사원 교육이나 수련회 같은 특수한 상황에서 두드러져요. 아마 하계수 내내, 동기들은 저를 외향적이라고 여겼을 겁니다. 게다가 광고 회사 신입사원이라는 점도 한몫했습니다. 여럿이 모아놓고 보면 제일기획 사람들은 튈 수밖에 없거든요. 자판기처럼 버튼만 누르면 기발한 생각을 쏟아낼 준비가 되어 있었으니까요. 저 또한 교육팀에서 제대로 까불며 활약했고, 덕분에 인기가 좋았습니다. 이후 제일기획 광고쟁이들끼리 모였을 땐 다시 얌전해졌지만요.

신명나게 3주간의 교육을 마치고 헤어지던 날. 그런 모임의 마지막이 대부분 그러하듯, 롤링페이퍼를 주고받기로 했습니다. 큰 종이 위에 각자 이름을 적어 돌리며 메시지들을 적어나갔죠. 앞서 언급한, 말수 적은 동기 오빠의 종이도 제 앞에 놓였습니다. '나는 여기서 유일한 광고회사 신입사원이다'라는 기분에 취해 있기도 했고, 그간 함께한 동기에게 진심 어린 메시지를 남기고 싶었습니다. 그래서였을까요. 깊은 생각 끝에 저는 이렇게 적었어요.

'×× 오빠, 그동안 즐거웠어요. 큰 의견은 큰 목소리로 말해야 되는 거래요. 오빠가 가진 크고 멋진 생각도 이제 큰 목소리로! 응원할게요!'

보통은 '그동안 재미있었다. 계속 연락하고 지내자. 앞으로 좋은 일만 펼쳐져라. 행운이 가득해라'라고 남기죠. 저는 진실로 내 동기가 앞으로 회사에서 큰 목소리를 내길 바랐습니다. 뻔해질 수 있는 자리에, 진짜 내 마음을 글로 남겼어요. 내가 직접 관찰한 것, 내가 직접 생각했던 것, 내가 직접 전하고 싶은 메시지를 글로 썼죠. 당시 동기에게 얼마나 큰 힘이 되어주었는지는 모르겠습니다. 다만 소위 핀트가 잘못 맞았는지, 혹시 사귀는 남자가 없으면 따로 만나보지 않겠느냐는 연락을 보내와 곤란을 겪었어요. 웃지도 울지도 못할 난감한 결과였지만, 제 글이 그에게 엄청난 울림을 준 것은 확실한가 봅니다. 비록 제 기대보다 넘치는 결과를 얻긴 했습니다만, 두고두고 곱씹어볼 만한 '뻔하지 않은' 편지글을 남길 수 있었던 이유는 하나입니다. 나의 경험으로부터 글감을 찾았기 때문이에요. 교육 기간 동안 내가 지켜본 동기의 모습, 내가 느낀 점 그래서 내가 여기에서 전하고 싶은 메시지가 무엇인지를 글로 옮겼습니다.

지금 이 순간에도 수십 통씩 쏟아지고 있을 이메일, 메시지, 보고서, 프레젠테이션… 거기에 적힌 첫 인사말과 마지막 인사말은 대부분 비슷할 겁니다. '안녕하세요. 반갑습니다. 오랜만입니다'로 시작해, '수고하셨습니다. 감사합니다. 다음에 또 뵙겠습니다'로 끝나겠죠. 우리가 굳이 이 지겹고 뻔한 글 대열에 낄 필요는 없습니다. 여는 말과 마지막 말에 작정하고 마음을 담는 연습을 해봅시다. 글의 어느 구석이라도 뻔한 글자는 남기지 않겠노라 다짐하며 써보는 겁니다. 나만이 가진 유일한 메시지에 집중하면서요. 그럼 생각이 달라지고, 고르는 단어도 달라지고, 남긴 문장도 달라져요. 결국에는 글을 쓴 사람인 나 자신도 남달라질 겁니다.

마음을 위한 맞춤법

"맞춤법도 중요하지만

그 안에 담긴 마음도."

맞춤법은 중요합니다. 쉽고 간단한 맞춤법을 틀리면, 글자에 담긴 마음을 보여주기도 전에 글 자체가 저평가 되거든요. 저는 카피라이터를 거쳐 에디터 일을 했던 터라 유난히 오탈자에 민감합니다. 나의 실수도 남의 실수도 엄격히 체크하죠.

무슨 일이 있어도 기본적인 맞춤법은 절대로 틀리지 않으리라 다짐합니다. 특히나 글에 담긴 내 진심을 꼭 알아주기를 소망할 때, 더욱 맞춤법에 신경 써요. 소중한 아이가 밖에 나가서도 귀한 대접을 받길 바라는 마음과 비슷하죠. 손톱을 다듬고, 깨끗한 옷을 입히고, 머리도 단정히 묶어 학교로 보내는 엄마의 마음과도 같고요.

제가 일하며 거의 매일같이 발견하는 오탈자들을 모아

봤습니다. 다들 알면서도 틀리는 것들입니다. 바꿔 말해, 틀리지 않을 수 있는데도 틀린다는 뜻이죠.

제가 그런 거 아니예요 (×)
제가 그런 거 아니에요 (○)

받침으로 끝나는 말 뒤에는 '이에요'가 오고, 받침이 없는 말 뒤에는 '예요'가 옵니다.

'그분은 선생님이에요', '그분은 교수예요'에서 그 차이를 알 수 있죠. 하지만 딱 하나 예외가 있습니다. 바로 '아니에요'입니다. '아니'에는 받침이 없는데도, '아니에요'라고 써야 합니다.

꼭 염두해 두세요 (×)
꼭 염두에 두세요 (○)

'염두'는 생각의 시초, 마음속이라는 뜻입니다. 즉, 무언가를 기억해 두는 행위 자체가 아니라 무언가를 넣어두는 장소에 해당하죠. '염두에 두다'가 옳습니다.

왠만하면 그냥 지나가자 (×)

웬만하면 그냥 지나가자 (○)

왠이라는 글자는 왜인지/왠지에만 쓰입니다. 웬만하다라는 단어는 '왜why'라는 말과 상관이 없다는 걸 기억해두면 틀리지 않을 거예요. '웬만하다'가 옳습니다.

몇 일에 볼까? (×)

며칠에 볼까? (○)

몇 일이라는 말은 세상에서 사라졌습니다. 어떠한 경우에도 '며칠'이라고만 씁니다.

이러다 파토나겠네 (×)

이러다 파투나겠네 (○)

'깨뜨릴 파破 + 싸울 투鬪 = 파투' 화투놀이가 깨졌다는 뜻으로 무언가가 성사되지 못했을 때 쓰는 말입니다. 파투가 맞습니다.

어쩌다 저 사단이 났대? (×)
어쩌다 저 사달이 났대? (○)

사달은 '사고나 탈'이라는 뜻입니다. 사단은 '사건의 단서'라는 뜻이고요. 일의 꼴이 처참해졌다고 표현할 때는 '사달'이 났다가 맞습니다.

나도 부주해야 되는데 (×)
나도 부조해야 되는데 (○)

결혼식에는 축의금, 장례식에는 조의금을 전합니다. 부조는 축의금과 조의금을 통틀어 이르는 말이고요. 부주는 어느 경우에도 쓰지 않는 틀린 말입니다.

그럼 안 돼는 거 아니야? (×)

그럼 안 되는 거 아니야? (○)

돼와 되가 헷갈리면 그 자리에 해와 하를 넣어보면 쉽습니다. 해가 잘 어울리면 돼가 맞는 거고, 하가 더 자연스러우면 되가 맞는 겁니다.

'그럼 안 해는 거 아니야?'보다 '그럼 안 하는 거 아니야?'가 더 자연스럽죠? 그럼 이 문장에선 '되'가 옳은 겁니다.

기껏 마음을 담아 쓴 글이 '얼레리 꼴레리. 이런 쉬운 맞춤법도 몰라요'라고 놀림받으면 억울하잖아요. 위에 적어둔 것만이라도 신경 써봅시다. 내 손을 떠나 남에게 날아간 글이 귀하게 대접받길 바라는 마음으로요.

단, 남이 애써 쓴 글을 맞춤법이 틀렸다는 이유로 함부로 대하지 말아야 합니다. 글의 깊은 뜻을 나누는 자리에서 맞춤법을 물고 늘어지는 거 별로예요. 내가 그런 창피를 당하지 않으려고 애쓰되, 일부러 남의 낯을 긁을 필요는 없습니다.

: 맞춤법보다 중요한 것

맞춤법이 틀린 글을 받아 들고는 글쓴이에게 슬며시 실망하려는 생각이 들 때, 저는 오랜 편지 한 장을 꺼냅니다. 어렸을 때 외할머니로부터 받은 답장이에요. 여섯 살 무렵, 부산에 계신 외할머니께 안부 편지를 보냈어요. 손녀의 편지에 외할머니께서는 반가이 답장을 보내주셨어요. 편지는 온통 틀린 문장으로 가득합니다. 글씨도 힘없이 고꾸라진 것들 투성이죠. 할머니는 제대로 글을 쓰지 못하실 정도로 늙으셨음은 물론이고, 글을 제대로 배우신 적도 없으셨으니까요.

가능한 모든 맞춤법이 틀렸음에도 저는 확신합니다. 세상에서 가장 완벽한 편지라고요. 맞춤법보다 더 중요한 건 거기에 담긴 마음이니까요.

솔미야 너편지 잘 바다 보앗다 할머니

보기 조캐 잘 석구나 솔미야 참 기뻐다

벌서 크서 할머니에게 편지 하는구나

귀엽구나 솔미야 너는 교회도 잘 가고

학교도 잘가고 차칸 소미야

할머니는 솔미를 사랑한단다

아빠 엄마 말 잘 듣고 동생

잘 인도하고 교회서 모범 학생

학교서도 모범학생 정직카고

명철한 지해가 솔미 두내

안내 가득가득 처와 성장

(두뇌 안에 가득가득 차올라 성장하기를)

하기 할머니 기도드린다

11월 25일 그믐 다음 또 편지해다오

외할니가 손여 솔미에개

    누구도 이 편지를 두고 맞춤법이 틀렸다고 나무라지는 못할 겁니다. 엄밀히 말해 이 편지를 보며 눈시울을 붉힌다면, 그건 아마 틀린 맞춤법 때문일 거예요. 틀린 맞춤법 덕분에 외할머니와 제 사이에 흐르는 서사를 이해할 수 있으니까요.

    할머니가 얼마나 늙으셨는지, 손녀가 보낸 편지를 얼마

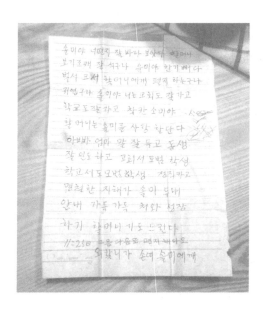

나 귀여워하셨는지, 잘 성장한 손녀를 보며 얼마나 기쁘셨
는지, 그리고 외할머니의 딸이자 저의 엄마가 둘의 편지를
지켜보며 어떤 감정을 느꼈을지도 엿볼수 있죠.

　사랑. 이 편지를 두 글자로 축약하면 바로 사랑일 겁니
다. 글자와 글자 사이에 사랑이 묻어 있기에, 맞춤법이나
줄 바꿈이 틀린 건 이미 시시한 문제죠.

맞춤법은 중요합니다. 하지만 맞춤법보다 더 중요한 건 거기에 담긴 마음입니다. 내 마음을 글에 담아 실어 보내기 전, 맞춤법을 점검하는 이유 역시 그겁니다. 오직 내 마음이 남에게 읽히는 동안 방해가 되지 않기를 바라기 때문이죠. 내가 쓴 글도, 남이 쓴 글도. 언제나 그 안에 담긴 마음이 먼저입니다.

마무리는 소리로

"눈으로만 읽어서는 알 수 없는 것들."

신기한 일입니다. 혼자 백 번 읽어봐도 없었는데, 남이 한 번 읽자마자 발견해 냅니다. 바로 틀린 글자입니다. 애석하게도 회사 메일을 쓸 때 이런 일이 자주 발생합니다. 전송 버튼을 누르기 전, 아무리 매의 눈으로 훑어보아도 문제가 없었는데 말이죠. 전송 직후 다시 읽어볼 때는 징글징글한 오타가 눈에 보입니다. 특히 영어로 메일을 보낼 땐 그 창피함이 심해지죠. 실수가 아니라 실력으로 보일까봐요.

눈으로 글자를 읽을 땐 낱낱이 관찰하는 게 아니라, 덩어리로 훑게 됩니다. 게다가 나는 그 글을 쓴 사람이기 때문에 내용조차 미리 알고 있죠. 대충 훑어볼 확률이 높습니다. '훈민정음'과 '훈정민음'이 같은 글자로 보이는 것도 같은 이유에서죠. 뭔지 아니까, 뭔지 안다고 자신하니까 쓱 넘어가버립니다.

글은 전송하거나 게시하기 전에 반드시 소리 내어 읽어 보아야 합니다. 실제로 발음을 해보면 틀린 글자를 귀로 직접 들을 수 있어 더 정확히 짚어낼 수 있어요. 우아하게 낭독하지 않아도 됩니다. 속사포처럼 빠르게 소리 내어 읽어도 알 수 있어요. 우리가 생활 속에서 주로 쓰는 글들은 아무리 긴 글도 2, 3분을 넘지 않을 겁니다. 2, 3분만 투자하면 틀린 글자를 솎아낼 수 있단 뜻이죠.

틀린 글자를 다 고쳤는데, 마침 더 읽어볼 여유가 있다면? 이제는 낭독을 해봐도 좋습니다. 내가 쓴 글이 아니라 남이 쓴 것이라고 생각하며, 마음의 거리를 두고 천천히 읽어보는 겁니다. 처음 보는 내용이라는 가정 하에 더듬더듬 읽어나가겠죠? 그럼 글의 분량을 객관적으로 가늠해볼 수 있습니다.

보내는 입장에서는 이 말도 해주고 싶고, 저 말도 해줘야 할 것 같아요. 모든 글자가 소중하죠. 그러다 보니 글이 길어집니다. 반면 읽는 사람 입장에서는 글이 길면 지루해요. 글쓴이가 힘 주어 쓴 부분까지 가닿지 못하고 시선을 떼기 십상이죠.

: 읽는 사람을 생각하는 마음으로

광고 카피를 쓸 때는 특히 '소리 내어 읽어보는 것'이 중요했습니다. TV 광고는 15초 아니면 30초로 길이가 정해져 있기 때문이에요. 광고를 시작하자마자 멘트를 시작할 순 없으니, 앞뒤로 여운까지 1, 2초 헤아려가며 천천히 낭독해 봐야 합니다. 길어도 14초 안에 마쳐야 해요. 마지막 화면에 로고를 띄울 시간이 필요하니까요. 아무리 좋은 카피라 해도 여운과 호흡을 포함해 '15초'라는 그릇 안에 담지 못하면? 무용지물입니다.

지금 소개드릴 카피는 14년 전, 광고회사 인턴을 할 때 썼던 것입니다. 제가 완성한 최초의 카피인 셈이죠. 인턴으로서 이해한 바를 카피 비스무리하게 흉내낸 뒤, 쭈뼛쭈뼛 회의 테이블 위에 내밀었습니다. 기대 이상으로 좋은 반응을 얻었어요. 저도 놀라고 선배님들도 놀랐던 걸로 기억합니다. 선배님들의 첨삭을 거친 뒤에 바로 온에어되었습니다. 엄청난 경험이었죠.

당시 클라이언트는 '대림 e편한세상'이었습니다. 그때

기획하고 있던 아이디어의 방향은 기존의 프리미엄 아파트들이 내세우던 고급화 전략과는 달랐습니다. 명품 아파트 광고에는 유럽의 성 그림이나 드레스를 입고 파티를 하는 외국인들이 주로 등장했죠. 말 그대로 '프리미엄' 이미지를 추구했으니까요.

저는 이런 의문을 가졌습니다. 아마도 인턴이라 가능했던 의구심 같습니다. '그래 봤자 대한민국에다 지을 아파트인데…. 아무리 부자라도 집에선 추리닝 입고 헝클어진 머리로 먹고 자고 그러지 않나? 왜 이렇게 호들갑을 떨지?'

솔직한 제 심정을 담아낸 카피를 썼습니다.

톱스타가 나왔습니다.

그 사람은 거기에 살지 않습니다.

드레스를 입고 나왔습니다.

하지만 사람들은 집에서 편한 옷을 입습니다.

외국에서 찍은 사진이 나왔습니다.

정작 아파트를 지을 곳은 우리 나라입니다.

이해는 합니다.

멋있게 보여야 시세가 올라가고,

그러다 보면 과장을 하게 됩니다.

그러나 우리는 이번에

진심을 말하는 방법을 택했습니다.

진심에 대한 시세가

가장 높아야 하기 때문입니다.

이 카피 역시 15초 안에 담을 수 없는 길이였습니다. 하지만 저는 인턴이었으니, 할말이 많았죠. 내가 왜 이런 생각을 하는지 최대한 설명을 곁들여야 겨우 이해해 줄 것 같았습니다. 나의 소중한 생각 꾸러미. 거기서 단 하나의 글자도 뺄 엄두를 못 냈죠.

하지만 15초 안에 넉넉히 말할 수 없다면? 무용지물입니다. 기필코 덜어 내야만 하죠. 선배님들의 도움을 얻어 카피를 단정하게 다듬었습니다. 전하려는 의도가 잘 담겨

있되, 간결한 문장으로요. 듣는 사람에게 핵심은 전달하되, 듣다가 지쳐버리지 않게, 이렇게 말이죠.

톱스타가 나옵니다
그녀는 거기에 살지 않습니다

유럽의 성 그림이 나옵니다
우리의 주소지는 대한민국입니다

이해는 합니다
그래야 시세가 오를 것 같으니까

하지만 생각해 봅니다
가장 높은 시세를 받아야 하는 건
무엇인지

저희가 찾은 답은
진심입니다

폼스타가 나왔습니다.
그 한국은 거기에 살지 않습니다.
드레스를 입고 나왔습니다.
하지만 사람들은 집에서 편한 옷을 입습니다.
외국에서 찍은 사진이 나왔습니다.
정작 아파트를 지을 곳은 우리나라입니다.

이해는 합니다.
멋있게 보여야 시세가 올라가고,
그러다 보면 과장을 하게 됩니다.

그러다 우리는 이번에
진심을 말하는 방법을 택했습니다.

진심에 대한 시세가
가장 높아야 하기 때문입니다.

이 편한세상

시세

온에어가 되었고, 반응이 무척이나 좋았습니다. 앞으로도 '무언가를 쓰고 만드는 일'을 하며 살겠노라 다짐했던 건 8할이 이 경험 덕분입니다.

제가 쓴 런칭 카피를 포함해, e편한세상의 '진심이 짓는다' 캠페인은 업계에 파장을 일으켰습니다. 제 이력서나

포트폴리오에 절대 빠지지 않는 첫 작품이 되기도 했죠. 두고두고 꺼내 보는 저의 훈장입니다.

우리가 하루에 수없이 주고받는 이메일이나 메시지도 카피와 다르지 않다고 생각합니다. 듣는 사람이 소화하기 벅차진 않은지, 미리 소리 내어 읽으며 다듬어야 합니다. 나의 호흡이 딸리는 구간에서, 그 글을 읽게 될 상대방도 시선을 거둘 가능성이 높습니다. 그 부분을 다듬으세요. 거기서 숨을 고르고 다시 집중할 수 있도록 말이죠. 글에 담아둔 우리의 마음, 끝까지 사랑받을 자격이 있으니까요.

언제나 글보단 삶

"오늘의 글보다
　내일의 내가 더 낫기를."

시인도 소설가도 아닌 우리. 그러나 매일 성실히 글을 쓰고 있는 우리. 우리가 생활 틈틈이 더 나은 글을 쓰도록 돕기 위해 이 책을 시작했습니다. 주제를 정하고 소주제의 흐름을 설계하며 결론을 정할 즈음, 확신했습니다. 글을 잘 쓰는 것의 정점은 글 너머에 있다는 사실을요.

좋은 글의 목적은 좋은 삶에 있습니다. 내 마음이 담긴 간결하고도 따뜻한 글을 썼다면, 그 후에 우리가 해야 할 것은 바로 그 글처럼 사는 겁니다. 최소한 글보다 나은 행동을 하며 살아야, 글이 가치를 지닙니다. 아무리 멋진 메시지를 썼다 해도, 나중에 드러난 행동이 글과 달리 형편없다면? 사람들도 본인도 크게 실망할 겁니다.

저도 마찬가지입니다. 어제보다 오늘, 더 나은 글을 쓰려고 애씁니다. 하지만 글에서 끝나지 않겠노라 다짐하고 또 다짐해요. 오늘 써놓은 글보다는 더 나은 행동을 하는 사람으로 내일 살고 있기를 간절히 희망합니다.

한창 이직을 준비하던 때, 그런데 그게 잘 안 풀릴 때의 일입니다. 회사에 새로 생긴 포지션에 지원했고, 그걸 진행하시던 리크루터와 자주 대화를 나누던 시기입니다. 본격적으로 면접 전형을 시작하기 전에는 메일을 주고받으며 서로를 파악했어요. 리크루터가 보내는 메일은 유난히 정중했습니다. 문장도 수려했죠. 영문으로 쓰여진 메일이었지만, 언어를 뛰어넘는 세련미가 곳곳에 묻어 있었습니다.

오랜 유학 생활을 한 사람인 듯 가볍고도 유쾌하게 문장을 썼는데, 일본인 특유의 친절과 예의가 느껴졌어요. 채용 절차에 대한 소개를 주고받는 간단한 메일이었지만, 충분히 많은 걸 배울 수 있었죠.

4차 면접까지 본 이후의 일입니다. 절차상에 문제가 생겼는지 5차 면접에 대한 이야기가 한 달, 두 달 미뤄지기 시작했어요. 외국계 회사는 워낙 채용 절차가 길기 때문에 이해했습니다. 그런데 한 달만 더 기다려달라는 메일 끝에, 그가 덥석 확답을 하더군요.

오늘 하이어링 매니저와 이야기한 결과, 당신과 5차 면접을 진행하기로 했습니다. 다만, 다른 후보자들이 당신처럼 5차 면접까지 합격하려면 시간이 더 필요합니다. 그러니 좀 더 기다려 주세요.

역시 정중하고 간결했습니다. 신뢰가 가는 좋은 글이었죠. 그리고 한 달 뒤, 이런 메일이 왔습니다. 다짜고짜 쓰여진 한 줄. 하마터면 다른 사람이 보낸 글인 줄 알았습니다.

급히 전화 가능해요?

여태 정중한 문장으로 나를 잠자코 대기하게 했던 그. 갑자기 글을 쓰지 못하고 전화기를 들어야만 하는 이유는 무엇일까요? 기록에 차마 남기지 못하고 전화로만 말해야 하는 그 사정이란, 역시나 달갑지 않은 내용이었습니다.

세 달이나 기다리게 해서 미안하다고 하더군요. 그런데

저처럼 네 번째 면접을 본 두 후보자가 저보다 훨씬 스펙이 좋대요. 다음 면접을 본다고 해도 너는 떨어질 것 같다고. 그래서 너는 여기서 이만 드롭하는 게 낫겠다고요.

서러움을 숨긴 채 정중히 전화를 끊었습니다. 끊고 나니 속에서 욕이 한바가지 끓어오르더군요. 그 후로 한동안 글과 행동에 대해 생각했습니다. 그가 제게 남긴 수려한 문장들이 한 순간에 가치를 잃었거든요. 단 하루만에요. 그는 제가 꼽는 '근래 가장 젠틀한 사람'이었다가 '최악의 사람'으로 전락했습니다. 차라리 글로 나를 기대하게나 하지 말지. 그의 메일을 싸그리 휴지통에 버리고는 다짐했습니다.

결국 글을 지키는 것은 행동이구나. 내가 나의 글과 같은 모습으로 살 때, 이전에 쓴 글이 비로소 완성되는구나. 글보다 나은 삶을 살아야 한다. 그래야 내 글이 영원히 가치를 가진다.

역시 비슷한 시기, 다른 회사의 리크루터와도 메일을 주고받았습니다. 제가 여태 면접을 보며 커뮤니케이션한 빅테크 회사 리쿠르터를 통틀어, 말과 글이 가장 멋진 사람이었습니다. "내가 본 리쿠르터 중에 최고 신사야."라고 남편과 친구들에게 따로 후기를 들려줄 만큼요.

본격적인 인터뷰를 진행하기 전 간단히 대화를 나눴습니다. 리쿠르터가 저에게 최초로 직무에 대해 소개하고, 저는 제가 쌓아온 커리어와 해당 업무에 지원하는 이유를 밝히는 미팅을 했습니다. 스크리닝 콜Screening Call이라고 합니다.

리쿠르터가 영어를 제1언어로 쓰는 사람인 경우에는 영어로 이야기를 나눕니다. 그럼 자연스레 지원자의 영어 실력이 어느 정도인지 가늠할 수 있겠죠. 다만 리쿠르터와 지원자가 모두 한국인인 경우에는 굳이 영어로 대화를 하지는 않습니다. 서로 가장 편한 언어로 이야기를 나누죠. 다만, 영어 실력은 스크리닝 콜에서 검증해야 하니 마지막 질문 하나 정도를 영어로 묻고 영어로 답하곤 합니다.

이번 질문은 이것이었습니다.

동료들과 함께 몇 달에 걸쳐 프로젝트를 성공적으로 끝냈습니다. 그런데 어느 날, 한 동료가 마치 혼자 한 프로젝트인 양 회사 전체에 프레젠테이션을 해버렸습니다. 당신은 어떻게 하시겠습니까?

지금 돌아보니 참 쉬운 질문입니다. 상황도 간단하고, 모범 답안도 떠올리기 쉽죠. 문제는 제가 그런 상황을 한 번도 겪어보거나 상상해 보지 못했다는 거죠. 기술적으로 세련되게 답하지 못하고, '어머, 그런 일이 있으면 진짜 어떡하지? 억울하네!'라며 진심으로 당황했습니다. 한국어로도 어버버댔을 상황이었는데, 영어로 답해야 했으니, 더욱 진땀을 뺐죠.

다행히도 그는 친절했습니다. 저의 횡설수설한 대답에도 불구하고 잘 이해했다며 답변에 감사하다고 인사까지 해주었어요. 하지만 저는 알았습니다. 이거, 얼른 수습해야 한다는 걸요. 안 그럼 망하겠다 싶었죠.

스크리닝 콜이 끝나고, 다시 업무로 복귀해 얼른 일을 끝냈습니다. 그리고 메일을 쓰기 시작했습니다. 더 완벽한 대답을 메일로 써서 보내기로 했죠. 충분히 수습할 수 있다고 확신했어요. 위기는 곧 기회. 비록 늦었을지언정, 모든 것을 해결할 가치를 지닌 완벽한 정답을 말하리라. 한 줄 한줄, 최선을 다했습니다.

좋은 하루 보내셨길 바랍니다.

아까 전화로 이야기 나누었을 때, 스스로 만족할 만한 답변을 못 한 것이 마음에 걸립니다. 질문하신 의도가 영어로 조리 있게 답하는 능력을 보기 위한 것이었음 또한 잘 압니다. 그러니 이렇게 뒤늦게 메일로 답을 보충하는 게 이상적이지 않겠죠.

다만 그 질문과 관련된 저의 철학은 꼭 제대로 공유하고 싶습니다.

우선, 질문 주신 상황 속 동료를 '로엘'이라고 부르겠습니다. 그 이유는 마지막에 말씀 드릴게요.

아까 미팅에서도 답변 드렸듯, 저는 두 가지 방법을 동시에 취하겠습니다.

먼저, 로엘이라는 동료에게 왜 그렇게 행동했는지 직접 물어보겠습니다. 만약 그가 본인의 업무 성과가 모자라다고 판단해 그랬다면, 그가 자신의 연간 업무 성과를 스스로 기획하고 실천해나가는 데 도움이 필요한 상황에 처했다고 보입니다. 저의 도움이 필요한지 먼저 물어본 후, 성과를 기획하고 실천하는 노하우를 공유하며 돕겠습니다.

다음으로 동료의 공로를 빼앗는 문화가 회사에 전파되지 않도록 힘쓰겠습니다. 그를 돕는 것과는 별개로, 인사팀에게 업무 문화를 바로잡는 세션, 즉 '옳은 일을 하라'는 메시지가 담긴 교육을 진행해 달라고 요청하겠습니다.

마지막으로 로엘은 제 아이의 이름입니다. 그 동료를 제 아이의 이름으로 부른 이유에 대해 말씀을 드립니다. 제가 일할 때 다른 사람의 입장에서 생각하기 위해 고안한 방법입니다. 제 아이가 어른이 되어 그 사람과 비슷한 입장에 처했다고 생각하면, 동료의 행동을 훨씬 더 깊이 이해할 수 있습니다. 어떤 의도와 사정으로 그런 행동을 했는지 진심으로 헤아릴 수 있죠.

그러면 단순히 행동을 비난하기에 앞서, 동료를 도울 방법을 먼저 살피게 됩니다.

제 답변을 추가로 공유 드린 것이 불편하지 않았으면 좋겠습니다.

좋은 저녁 보내세요.

메일을 쓰기 전 골똘히 생각해 보았습니다. 나는 왜 이런 '가정 상황'을 답할 때 말이 자꾸 꼬이는지를요. 내가 했던 프로젝트, 내가 실제로 겪었던 일을 설명할 때는 영어든 한국어든 문제없이 답할 수 있는데 말이에요. 유난히 상상 속의 인물을 두고 대답을 꾸려나가야 할 때 말이 툭툭 막혔습니다.

있지도 않은 인물을 계속 언급해야 하는데, 'He or She, my colleague, that person'라고 연거푸 부르다가 말이 꼬인다는 것을 발견했어요. 한글로는 주어를 생략하고도 말하는 게 자연스러운데, 영어는 그렇지 않아 늘 상상 속 인물을 지칭하려고 애쓰다 길을 잃었습니다.

차라리 가명이라도 지어 부르면 편하겠다 싶었어요. 그럼 내용에 더 집중할 수 있을 것 같았죠. 비슷한 답을 해야 할 상황이 오면, 그 상상 속 인물에게 차라리 이름을 붙여

주리라 다짐했습니다.

다만 그 이름이 대답을 더 빛나게 해줄 수 있다면 금상 첨화겠죠. 그래서 제 아이의 이름을 붙였습니다. 단순히 친숙한 이름이라서가 아니라 그렇게 이름을 붙이는 이유까지 대답의 일부가 된다면 완벽할 터였습니다. 상상 속 인물에게 아이의 이름을 붙이면 입장을 한 번 더 헤아려볼 수 있어요. 그건 제가 동료들을 대하는 태도와도 관련이 깊었죠.

: 내 글을 지키고 싶다면

아이를 낳아 기르며 얻게 된 최고의 기능은 '입장 바꿔 생각해 보기'입니다. 아이가 옹알이를 할 때부터 어떻게든 그걸 해석하려고 애쓰니까요. 아니, 훨씬 전부터 시작되네요. 아이의 울음을 달래기 위해 '왜 울지? 무슨 상황이지? 뭐가 불편하지? 분명히 사정이 있을 텐데, 그게 뭘까?' 고심한 끝에 요령을 터득해나가죠. 역지사지의 끝판왕인 셈이에요.

그렇게 상상 속 동료를 아이의 이름으로 부르는 이유.

그걸 마지막에 덧붙이면 제 대답에 튼튼한 구조가 생기겠다고 확신했습니다. 술술 말할 수 있게 되는 건 덤이고요.

이 메일 덕분에 저는 좋은 글 하나를 남겼다고 자부합니다. 그리고 제게는 아직 과제가 하나가 더 남아 있죠. 저의 답변이 글로만 끝나지 않으려면, 실제로 그렇게 살아내야 합니다. 메일은 그렇게 보내놓고, 동료들의 행동을 한 톨도 이해하지 않는다면? 그저 비난하기 바쁜 사람이 된다면? 제가 보낸 메일은 그저 망친 면접을 돌이켜보려는 발악에 그치겠죠.

제가 답변한 것처럼, 앞으로도 변함없이 그렇게 살아간다면 이야기는 달라집니다. 면접을 떠나 실제로 믿는 가치가 있는 사람, 동료를 대하는 철학이 있는 사람으로 남을 거예요.

글을 지키려면 행동해야만 합니다. 글을 쓰려고 글을 쓰는 사람은 없다는 말, 기억하시나요? 이 책의 첫 문장이었습니다. 이 책의 마지막 문장 역시 같은 곳을 가리키게 되었네요. 글을 쓴다고 글이 완성되는 게 아니에요. 글과 닮은 모습으로 살 때, 글은 비로소 완성됩니다.

문장을 고쳐도, 마음은 그대로

문장은 고칠수록 좋아집니다. 하지만 마음은 너무 많이 고치지 마세요. 따질 일이 있어 글을 쓰기 시작했는데, 이 눈치 저 눈치 보며 다듬기 시작하면 '이렇게까지 쓸 일인가?' 의심하게 됩니다. 그럼 원래 의도까지 고쳐버리기 쉬워요. 그러다 결국 글을 멈추고 마음도 멈추게 되죠. 그래선 안 됩니다. 정당한 질문이 생기면 따져 묻는 것도 인생을 잘 사는 방법이니까요.

넘쳐나는 사랑을 전하려고 문장을 쓰다가도, 괜히 오버하는 건 아닐까 싶을 순간이 옵니다. 자기 검열을 하며 단어를 이리 깎고 저리 깎다 마음까지 깎아버리죠. 그럼 스쳐지나가는 감정으로 치부하며 없었던 일로 치게 됩니다. 아까운 일이에요. 살면서 사랑을 표현할 일이, 특히나 글로 표현할 일은 많지 않죠. 그렇게 기회를 날려버리기엔 아쉽습니다.

문장을 만들며, 반드시 점검해 보면 좋을 스무 가지를 소개해 드렸습니다. 하지만 가장 중요한 사항은 바로 이겁니다. 마지막으로 다듬은 문장이 내 첫 마음을 간직하고 있는지를 확인해볼 것.

오늘 우리를 찾아온 마음은 그 자체로 소중합니다. 마음이란 별안간 생기는 것이 아니에요. 나무의 나이테처럼 천천히 또 겹겹이 쌓여 만들어진 것이죠. 애써 무시할 만한 게 아니라는 겁니다.

그 마음을 글로 옮겨 담을 때 너무 눈치 보지 말고, 너무 깎지 마세요. 문장을 다듬는 것도 거기 담긴 마음이 빛을 잃지 않는 선에서 끝내요. 잘 닦인, 그러나 첫 빛을 잃지 않은 문장이 여러분의 하루를 환히 빛낼 겁니다.

단어의 참뜻을 알려준 사람에게

사랑, 행복, 감사, 감동, 슬픔, 아픔, 그리움, 낭만, 순수, 기쁨… 사랑, 사랑 흔히들 말하는데 진짜 사랑은 어디까지 할 수 있는 건지. 다들 행복하다며 사진을 올리는데 내 행복은 어떻게 생겼는지. 안녕하세요, 감사합니다, 하루에도 수십 번 말하는데 내가 정말 안녕하고 감사할 땐 어떤 표정인지.

　너무 막연해서 와 닿지 않고 두둥실 떠다니는 단어들. 너는 그 말들을 잡아다 내 손에 풍선처럼 엮어주었어. 내가 너를 키우며, 네가 나를 키우며 그 무른 단어들이 진실로 뭘 의미하는지 알아가고 있다. 잘 산다, 덕분에.

충분한 네가 모자란 나에게 왔다. 이것이 '감사'겠지. 모자란 어른이 충분한 아이를 키운다는 뜻이다. 이걸 매일 깨달으며 '미안'해. 그런데도 너는 타고난 힘으로 쑥쑥 자라며 나의 덜 자란 데까지 보듬는다. '감동'이야.

아프고 슬픈 단어를 평생 한 번도 안 듣고 안 뱉는 사람이 있을까. 가능하다면 그게 너이길 바랐다. 이것은 철없는 내가 너를 두고 부리는 '욕심'이겠지. 평생의 욕심을 하루치로 잘게 쪼개어, 너의 하루 끝에 늘 건강한 단어가 놓여 있길 빈다. 이것은 '간절함'이야.

밤마다 사진첩을 열어 해마다 다른 너의 사진을 감상한다. 앞으로도 그러는 사람으로 살 테고. 이건 분명 '행운'이다. 사랑한다, 로엘아. 너의 이름 앞에 '사랑'이라고 쓸 때, 나는 비로소 그 뜻을 정확히 알았음을 확신한다.

카피라이터가 알려주는 글에 마음을 담는 20가지 방법

글, 우리도 잘 쓸 수 있습니다

개정증보판 1쇄 발행 2024년 4월 29일

지은이 박솔미

기획편집 김소영
디자인 알레프

펴낸곳 언더라인
출판등록 제2022-000005호
팩스 0504-157-2936
메일 underline_books@naver.com
인스타그램 @underline_books

ISBN 979-11-982025-9-8 03800
ⓒ 박솔미, 2024, Printed in Korea